LE COLONEL CHABERT

POCKET CLASSIQUES

collection dirigée par Claude AZIZA

HONORÉ DE BALZAC

LE COLONEL CHABERT

Préface et commentaires de
Jeannine GUICHARDET

© Pocket, 1991, pour la préface, les commentaires
et le dossier historique et littéraire.

© Pocket, 1998, pour « Au fil du texte » in « Les clés de l'œuvre ».

ISBN 2-266-08330-9

SOMMAIRE

PRÉFACE 5

LE COLONEL CHABERT 21

LES CLÉS DE L'ŒUVRE 95

    I. *Au fil du texte** : pour découvrir l'essentiel de l'œuvre.

    II. *Dossier historique et littéraire* : pour ceux qui veulent aller plus loin.

---

* Pour approfondir votre lecture, *Au fil du texte* vous propose une sélection commentée :
* de morceaux « classiques » devenus incontournables, signalés par ●◆ (droit au but).
* d'extraits représentatifs de l'œuvre, signalés par ﻼ◈ (en flânant).

PRÉFACE

La Transaction : c'est sous ce titre que le colonel Chabert fait sa première apparition en février-mars 1832 dans la revue *L'Artiste*. Il n'est encore, à ce moment, qu'une figure assez linéaire auréolée des prestiges d'un fait divers tragique ; fait divers reparaissant après les guerres de la Révolution et de l'Empire : nombreux sont les modèles possibles ou supposés de Chabert [1]. Mais ce qui nous intéresse ici, c'est ce Chabert, « tel qu'en lui-même enfin » il réapparaît en 1835 dans les *Scènes de la vie parisienne* [2]. Personnage archéologique appartenant à « ces temps devenus si vite l'Antiquité [3] » pour Balzac et ses contemporains et hautement révélateur d'une société avide où le principe « Honneur » a été remplacé par le principe « Argent ». Personnage tragique réfugié dans une absolue solitude après avoir parcouru toutes les cases du jeu de l'oie maléfique où s'inscrit son destin, depuis l'*Hospice des enfants trouvés* jusqu'à l'*Hospice de la vieillesse*.

---

1. Pierre Citron en dresse l'inventaire dans l'édition critique très complète parue chez Didier en 1961. Modèles romanesques et modèles réels : Balzac a pu connaître d'anciens militaires portant le nom même de Chabert.
2. Au tome XII des *Études de mœurs au XIXe siècle* chez Mme Vve Béchet et sous le titre *La Comtesse à deux maris*.
3. L'expression figure dans *Complainte satirique sur les mœurs du temps présent* (1830).

Entrant en 1844 dans *La Comédie humaine*[1], il donne définitivement son nom perdu et retrouvé au roman dont il est l'inoubliable héros. Nom qui ne cessera jusqu'à nos jours de faire rêver les cervelles humaines comme en témoignent les nombreuses éditions, traductions, adaptations dont il fut et demeure l'objet. Gloire méritée : ce récit sobre, implacable, invite le lecteur d'aujourd'hui comme celui d'hier à méditer sur les valeurs essentielles à préserver dans le combat toujours recommencé de l'être contre l'avoir. Scène de la vie parisienne et scène de la vie privée tout ensemble, *Le Colonel Chabert* est aussi, à sa manière, une étude philosophique.

« Allons ! encore notre vieux Carrick. » Tout commence, sous le signe de la dérision, par une scène de genre dans une étude d'avoué parisien. Scène toute veinée des souvenirs personnels du jeune Balzac des années 1817-1819, alors clerc d'avoué chez maître Guillonnet-Merville. Merville-Derville : deux noms qui ne riment sans doute pas par hasard.

« Si c'est un homme, pourquoi l'appelez-vous vieux Carrick ? » Sans doute pour signaler, dès l'apparition de l'inconnu, son appartenance à un temps révolu, tout comme le spencer du cousin Pons en fera plus tard, aux yeux des passants, un « homme Empire » comme on dit un « meuble Empire ». Ils sont ainsi quelques-uns à jalonner *La Comédie humaine*, personnages à « valeur archéologique[2] » que l'histoire a laissé tomber le long de sa route. Chabert est le premier d'entre

---

1. Publiée chez Furne, *Le Colonel Chabert* y figure au tome II des *Scènes de la vie parisienne* aux côtés du *Père Goriot*. En 1845, dans l'édition dite « Furne corrigé » (revue par Balzac lui-même, elle est notre édition de référence), il prend place parmi les *Scènes de la vie privée*.
2. Balzac parle à propos du cousin Pons de « la valeur archéologique de ce bonhomme ».

eux ; un autre militaire, le vieux maréchal Hulot, sera le dernier [1]. Entre les deux et à des titres divers : le père Goriot, le marquis d'Espard (« interdit » lui aussi par sa femme) et son noble défenseur (Popinot le « récusé [2] »), Pons et Schmucke « agneaux de Dieu » impitoyablement sacrifiés. La fin de *Ferragus* (quasi contemporaine de la seconde version du *Colonel Chabert*) les offre, déjà nés ou encore à naître, à notre déchiffrement :

> « Parmi ces créations errantes [...] (d') anciens avoués, vieux négociants, antiques généraux, s'en vont, marchent et paraissent toujours arrêtés. ''Figures'' semblables à des arbres qui se trouvent à moitié déracinés au bord d'un fleuve elles ne semblent jamais faire partie du torrent de Paris, ni de sa foule jeune et active. Il est impossible de savoir si l'on a oublié de les enterrer, ou si elles se sont échappées du cercueil ; elles sont arrivées à un état quasi fossile. »

Ainsi de Chabert, cet homme « foudroyé », usé comme un vieux canon de rebut et qui « semblable à une pierre lancée dans un gouffre » ira « de cascade en cascade s'abîmer » dans la boue parisienne avant de devenir ce vieillard hébété que Derville et Godeschal trouvent assis, un jour de juin 1840, « sur la souche d'un arbre abattu », au long de la route de Bicêtre.

En attendant, l'étrange apparition fait fuser rires et hypothèses : ce fameux « crâne » est-il un ancien concierge ? Est-il noble ou portier ? « Il pourrait être noble et avoir tiré le cordon », « ça s'est vu ». Il peut avoir été brasseur en 1789 et colonel sous la République. Tout est possible au lendemain des époques tourmentées où vacillent les valeurs établies et les certitudes acquises. On parie alors un spectacle qu'il n'a pas été soldat.

---

1. Cf. *La Cousine Bette.*
2. Cf. *L'Interdiction.*

« Monsieur [...] voulez-vous avoir la complaisance de
nous donner votre nom [...] ?
— Chabert.
— Est-ce le colonel mort à Eylau ? [...]
— Lui-même, monsieur, répondit le bonhomme avec
une simplicité antique » (p. 29).

Coup de théâtre en pari perdu mais qui introduit,
dès l'exposition du drame, cette notion de spectacle si
importante pour tenter de définir la société factice de
la Restauration. Dès cet instant, c'est l'être contre le
paraître ; la scène se scinde en deux espaces contradic-
toires où évoluent devant les yeux de Derville et les
nôtres deux types de personnages antithétiques.

Du côté des valeurs vraies, celles de l'être, Chabert-
le-stoïque, « l'un de ces beaux débris de notre ancienne
armée » dont « la sauvage pudeur, la probité sévère,
les vertus primitives » sont louées par le narrateur. À
ses côtés, les humbles, les pauvres, les « misérables »
au sens déjà hugolien du terme : l'homme et la femme
qui l'ont tiré de la fosse d'Eylau, le camarade Boutin
devenu montreur d'ours avant de succomber à Waterloo et, surtout, le « nouriceure » Vergniaud, « l'Égyptien » au grand cœur dont la pauvre maison stigmati-
sée annonce la masure Gorbeau des *Misérables* située
aux lisières du même pauvre faubourg Saint-
Marceau [1]. Là règnent la générosité, le partage et si
l'on soupire après ce « sacré argent », c'est pour aider
les vieux frères d'armes : chez ceux-là, « l'infortune »
rend encore plus secourable et meilleur.

Du côté du paraître, de l'argent sacré : la comtesse
Ferraud qui « spécule sur la tendresse de son premier
mari » comme on risque une opération en Bourse. Pour
arriver à ses fins, elle déploie des talents d'actrice
consommée sur lesquels insiste le texte : « Il fallait être
comédienne pour jeter tant d'éloquence, tant de sentiments dans un mot. Le vrai n'est pas si complet dans

1. Voir Dossier p. 110.

son expression » (p. 77). Elle n'hésite pas devant le répertoire tragique : « J'aime monsieur Ferraud [...], je ne rougis pas de cet aveu devant vous ; s'il vous offense, il ne nous déshonore point » (p. 79). Rose Chapotel, « prise » jadis au Palais-Royal, doit à tout prix sauver les apparences et jouer jusqu'au bout la « femme comme il faut ». Hypocrite Rosine démasquée lors de la scène du pavillon dans le parc de Groslay : écho inversé de celle du *Mariage de Figaro* où une autre Rosine, dans un autre petit pavillon, reconquiert un mari volage. Ici, c'est la perte d'un mari trop fidèle qui est consommée ; l'illusion s'est détruite à jamais et, trop désabusé, Chabert disparaît de la scène, pris — tel le Misanthrope — du dégoût de l'humanité.

Aux côtés de la comtesse : le comte Ferraud. Certes, il ignore tout de la ténébreuse transaction. Néanmoins, constamment « préoccupé par les soins d'une ambition dévorante », sa position sur l'échiquier de la Restauration est révélatrice des valeurs de l'avoir. Chose étrange, il n'apparaît pas dans le texte, mais le perspicace Derville nous permet de l'entrevoir en coulisse. Sans doute n'hésiterait-il pas, pour obtenir la pairie, à faire annuler son mariage afin « d'épouser la fille unique d'un pair de France ». Tout se troque, « tout se plaide » : le ténébreux Delbecq, âme damnée de la comtesse et secrétaire du comte, habile à faire fructifier les fortunes, est là pour en témoigner. Étudiant la « position » (un mot reparaissant) de tous ces pions d'un œil lucide, voici enfin le jeune avoué Derville, bon joueur : « Ne laissons pas voir notre jeu [...] et gagnons la partie d'un seul coup » (p. 62). Pourtant, il la perdra...

Où situer Derville ? Entre être et avoir, au point de jonction des deux espaces contraires. C'est en son étude que réapparaît pour la première fois le colonel Chabert et que se rencontreront pour l'éventuelle transaction les deux époux venant « des deux points les plus opposés de Paris ».

Derville appartient en partie au monde du paraître ;

c'est en costume de bal qu'il accueille nuitamment Chabert : « Le soir il va dans le monde pour entretenir ses relations et creuse ses procès la nuit » (p. 32). Vie « singulièrement active. Aussi gagne-t-il beaucoup d'argent » y compris au jeu. Il a sa « fortune à faire ». N'empêche. Il a la générosité et la spontanéité de la jeunesse ; si sa méfiance est parfois en éveil, la confiance l'emporte quand il s'agit de Chabert car d'emblée — et cela le place du côté de l'être — il est sensible à la vérité profonde du personnage.

Chabert : centre lumineux d'une ténébreuse affaire. Victime expiatoire et exemplaire d'une époque où l'argent est roi. L'action se passe sous la Restauration mais l'ouvrage est écrit puis revu et corrigé sous la Monarchie de Juillet, au lendemain des ferveurs retombées de 1830 et ce que Balzac nous donne à voir avec *Le Colonel Chabert*, c'est déjà cette société où au-dessus du roi, au-dessus de la charte, s'élève « la sainte, la vénérée, la solide, l'aimable, la gracieuse, la belle, la noble, la jeune, la toute-puissante pièce de cent sous [1] ! ». Envers sacrilège de l'Élévation. Chabert, personnage christique à sa manière, nourri de « fiel » et buvant « chaque matin un calice d'amertume », est sacrifié sur l'autel du nouveau Dieu. Pour lui, les dés sont tôt jetés et ils aboliront le miraculeux hasard de sa résurrection.

Suivons-le donc en ce jeu de société [2] où il n'est souvent qu'un pion déplacé tour à tour et selon des fortunes diverses par le destin et par d'habiles joueurs. Jeu de société curieusement apparenté, ici, à un sinistre jeu de l'oie.

Tête de mort, Hôtellerie, Prison, Puits, Rivière et Pont, Labyrinthe : toutes les cases y sont, semble-t-il, représentées.

Tout d'abord, la *Tête de mort* puisque tout com-

1. Propos tenus par Crevel dans *La Cousine Bette*.
2. L'image du jeu est récurrente dans le roman.

mence précisément par l'épouvantable émergence d'une tête ouverte hors du charnier d'Eylau ; « ma tête qui semblait avoir poussé hors de terre comme un champignon » (p. 39) précise Chabert à Derville. Chabert enseveli « sous un grand tas de morts et qui meurt sans bouger dans d'immenses efforts » jusqu'au moment où il est enfin secouru. Crâne horriblement mutilé par une « cicatrice transversale » qui prend à l'occiput, vient mourir à l'œil droit et fait soudain taire les rires dans l'étude d'avoué où il réapparaît brusquement sur fond de nuit, telle une étrange *Vanité*. Cicatrice transversale : sorte de diagonale du Fou, ce fou pour lequel on le prend de manière obsédante... La Mort est case reparaissante partout où passe Chabert en quête d'identité : mort, le pauvre diable Boutin, mort, le vieil avocat chargé jadis des affaires du colonel et, pire que toutes, « mort civile » choisie par Chabert écœuré, décidant de rentrer sous terre puisque les morts ont décidément « bien tort de revenir ». Anéantissement social du vagabond Hyacinthe échoué sur un banc crasseux de l'antichambre du greffe « espèce de préface pour les drames de la Morgue ou pour ceux de la place de Grève » (p. 89).

L'*Hôtellerie* est case reparaissante elle aussi avec ses multiples variantes. À la case départ : l'hospice des enfants trouvés puis, après l'horrible seconde naissance de Chabert « sorti du ventre de la fosse », c'est la pauvre baraque de ses hôtes allemands ; ensuite l'hôpital d'Heilsberg et l'Hôtel-Dieu avant d'atteindre enfin *son* hôtel à lui, rue du Mont-Blanc.

« Bah ! la rue du Mont-Blanc était devenue la rue de la Chaussée-d'Antin, je n'y vis plus mon hôtel, il avait été vendu, démoli. Des spéculateurs avaient bâti plusieurs maisons dans mes jardins » (p. 46). Signe des temps et signe annonciateur du destin de Chabert. Cette rue qui perd son identité, ces vieilles pierres abattues pour de l'argent sont inséparables du personnage archéologique appelé au même sort : « Chabert disparut en effet [...] semblable à une pierre lancée dans un gouffre » (p. 87) car jamais les portes du somptueux hôtel Ferraud, rue de Varennes, ne se sont ouvertes pour lui : « Je n'ai pas été reçu lorsque je me fis annoncer sous un nom d'emprunt et, le jour où je pris le mien, je fus consigné à [la] porte » (p. 47). Quel contraste avec le chaleureux accueil du « nouriceure » Vergniaud ! Halte réconfortante malgré la misère, elle mérite qu'on s'y attarde quelque peu car, là aussi, tout est signe. La pauvre demeure de « l'Égyptien » semble renvoyer aux campements et champs de bataille d'hier : située dans une rue aux ornières profondes, elle est « bâtie avec des ossements et de la terre », ses chambres sont « enterrées par une éminence » et Chabert couche sur « quelques bottes de paille » ; sol de terre battue, mauvaises paires de bottes gisant dans un coin et, complétant l'illusion, « sur la table vermoulue, les bulletins de la Grande Armée ». Tel est « le bivouac tempéré par l'amitié » fraternelle où le colonel trouve refuge. Ce n'est pas tout ; cette masure faite dè pièces disparates (« aucun des matériaux n'y avait eu sa vraie destination, ils provenaient tous des démolitions qui se font journellement dans Paris » (p. 52)) rassemble, comme Chabert, les vestiges dérisoires d'un passé révolu et son identité est tout aussi douteuse : « Une maison, si toutefois ce nom convient à l'une de ces masures bâties dans les faubourgs de Paris, et qui ne sont comparables à rien. » Dans cette maison, un homme — « si c'est un homme » — comparable à rien lui non plus. Un homme en quête de son identité définitivement et délibérément perdue dans la dernière « hôtellerie » qui l'attend : l'hospice de la vieillesse.

La *Prison* étend à plusieurs reprises son ombre redoutable sur le destin de Chabert : deux ans de détention à Stuttgart où on l'enferme comme fou, et Charenton le menaçant à chaque avancée, sur le sinistre jeu, de la fausse oie blanche : l'ex-épouse qui « trouve des ailes » pour s'envoler au moment critique où elle risque de perdre [1]. Charenton : ce nom redouté ponctue le texte comme un leitmotiv. « L'on vous mettra sans doute à Charenton » (p. 59) prophétise Derville. « Peut-être était-il à moitié fou, Charenton pouvait encore lui en faire raison » (p. 66), espère la comtesse devinée précisément par Derville : « Prenez garde, elle serait capable [...] de vous enfermer à Charenton » (p. 76). Crainte justifiée : « A-t-il signé ? — Non, Madame. — Il faudra finir par le mettre à Charenton, puisque nous le tenons » (p. 85). Le pion avance, recule... S'il échappe à l'hospice des fous, c'est pour mieux rebondir hélas ! dans d'autres prisons : deux mois pour le nommé Hyacinthe avant le « dépôt de mendicité de Saint-Denis, sentence qui, d'après la jurisprudence des préfets de police, équivaut à une détention perpétuelle » (p. 88). Et, en fin de compte, Bicêtre pendant plus de vingt ans... Qu'importe : « Quand je pense que Napoléon est à Sainte-Hélène, tout ici-bas m'est indifférent » (p. 90) déclare Chabert : l'ombre de la prison impériale recouvre les destins individuels.

« Vous n'avez donc vu ni ses bottes éculées qui prennent l'eau, ni sa cravate qui lui sert de chemise ? Il a couché sous les ponts » (p. 28), affirme d'entrée de jeu Godeschal : les *Ponts* ne sont ici qu'asile éventuel pour le vagabond. Jamais ils n'unissent deux rives opposées. Quant à la *Rivière*, case maléfique, elle est là seulement pour qu'on s'y noie : « Il lui prit un si grand dégoût de la vie que s'il y avait eu de l'eau près de lui, il s'y serait jeté » (p. 86). Le *Puits* est métaphoriquement présent sous ses formes amplifiées les plus redoutables :

1. Par exemple lors de la rencontre chez Derville : « Elle se leva et sortit. Derville s'élança dans l'étude, la comtesse avait trouvé des ailes et s'était comme envolée » (p. 76).

le gouffre, l'abîme, l'égout. Gouffre où Chabert est lancé comme une pierre, « abîme des révolutions » d'où sortit Napoléon (à l'origine de l'aventure de Chabert), « abîme côtoyé » par la comtesse Ferraud, « abîme d'un désespoir sans bornes » où s'engloutit le colonel quand « la vérité » se montre enfin « dans sa nudité » (dans l'allégorie traditionnelle elle sort précisément d'un puits…). Quant à l'égout évoqué aux dernières pages, il préfigure étrangement celui des *Misérables* « conscience de la ville [1] ». Déjà Hugo semble percer sous le Balzac indigné stigmatisant l'antichambre du greffe, « ce rendez-vous de toutes les misères sociales » : « Un poète dirait que le jour a honte d'éclairer le terrible égout par lequel passent tant d'infortunes ! » (p. 89). Là, « au milieu de ces hommes à faces énergiques vêtus des horribles livrées de la misère » (p. 89), peut-être un futur Jean Valjean…

Reste le *labyrinthe* symbolisé ponctuellement par « le dédale des difficultés » où le pauvre soldat doit s'engager pour gagner son procès, par la descente des « marches de l'escalier noir » après la fatale rencontre avec sa femme, « perdu dans de sombres pensées » elles-mêmes labyrinthiques. Car tout le roman est labyrinthe, lente descente aux Enfers jusqu'à l'ultime case : « numéro 164, septième salle » à Bicêtre. Bouleversante image finale d'un vieux pauvre vêtu de la robe de drap rougeâtre de l'hospice et niant farouchement cette identité jadis si passionnément revendiquée : « Pas Chabert, pas Chabert ! Je me nomme Hyacinthe […] Je ne suis plus un homme » (p. 92).

Tout est consommé, ici s'achève un long chemin de croix inversé : tout a commencé par une résurrection et finit par une mort lente sans espoir de rédemption. Notre toute dernière vision, c'est celle de l'ex-colonel Chabert décrivant « en l'air avec sa canne une arabes-

---

1. Voir Dossier p. 113.

que imaginaire » : peut-être la figure de son destin car :
« Quelle destinée ! [...] sorti de l'hospice des *Enfants
trouvés*, il revient mourir à l'hospice de la *Vieillesse*,
après avoir, dans l'intervalle, aidé Napoléon à
conquérir l'Égypte et l'Europe » (p. 93). Il est juste que
les derniers mots de la tragédie appartiennent à Derville
jouant un peu le rôle du chœur antique. Un Derville
en robe noire, portant le deuil des illusions perdues.
Homme de justice blanchi sous le harnois, il a vu, au
fil des années, « se répéter les mêmes sentiments mauvais » et toutes ces choses vues qu'il énumère sont
autant de romans balzaciens en puissance ou déjà
nés [1]. Les propos du créateur et de sa créature se
superposent pour nous inviter à approfondir notre
réflexion, à élargir nos perspectives car, à travers des
espaces différents et des temps successifs, nous sommes tous concernés par cette figure symbolique dres-
sée au seuil de *La Comédie humaine*. La postérité ne
s'y est pas trompée. Du vivant même de Balzac (et sans
son autorisation !), le théâtre s'est emparé du personnage [2]. Déjà il échappait à son créateur pour vivre de
sa vie propre : il semble, tant les dialogues sont nombreux et fortes les images, aspirer de lui-même à la mise
en scène et les adaptations de l'œuvre furent nombreuses. L'une des plus émouvantes est sans doute le film
de Le Hénaff [3] à cause du grand Raimu-Chabert.

Le roman n'a jamais cessé d'être édité, illustré, traduit en de nombreuses langues [4] et commenté. Chaque
époque y reconnaît, semble-t-il, l'un de ses visages. La

1. Tel *Le Père Goriot* (1834) ici particulièrement reconnaissable :
« J'ai vu mourir un père dans un grenier, sans sou ni maille, abandonné par deux filles auxquelles il avait donné quarante mille livres
de rente ! » (éd. Presses Pocket, dans la même collection).
2. Dès le 2 juillet 1832, une pièce tirée de l'œuvre de Balzac est
représentée au Vaudeville. Il s'agit de *Chabert*, histoire contemporaine en deux actes de Jacques Arago et Louis Lurine.
3. Tourné en pleine tourmente en 1943.
4. La palme revient à l'Allemagne avec au moins huit traductions
différentes.

nôtre y voit *le Voyageur sans bagages, l'Étranger* qui ont hanté notre conscience d'après-guerre. On l'a comparé à *Hamlet*, au *Misanthrope* et tout récemment, non sans pertinence, aux personnages de Beckett en proie à l'angoisse permanente d'être chassés de leur propre existence « dans un univers où l'expression ''se faire un nom'' prendrait alors tout son sens [1] ». Le thème du double, si obsédant dans *La Comédie humaine*, trouve ici l'une de ses plus hautes expressions.

Mais trêve de commentaires : le temps est venu de lire ou de relire « chacun pour soi » *Le Colonel Chabert*, car chacun d'entre nous a « son Chabert », ni tout à fait le même ni tout à fait un autre que celui d'autrui : par-delà tous les mots pour le dire, c'est sans doute le seul qui importe vraiment.

---

1. Cf. Pierre Danger : *L'Éros balzacien*, Corti, 1989.

LE COLONEL CHABERT [1]

    1. Avant de devenir *Le Colonel Chabert* lors de son entrée dans *La Comédie humaine* en 1844, le roman s'est successivement intitulé *La Transaction* (en 1832 dans la revue *L'Artiste*) et *La Comtesse à deux maris* (en 1835 dans le tome XII des *Études de mœurs au XIXᵉ siècle*). Il était alors divisé en chapitres qui ont disparu lors de l'édition définitive. *La Comtesse à deux maris* en comportait trois : « Une étude d'avoué », « La Transaction », « L'Hospice de la vieillesse » ; et *La Transaction*, quatre : « Scène d'étude », « Résurrection », « Les Deux Visites », « L'Hospice de la vieillesse ».

« Allons ! encore notre vieux carrick [1] ! »

Cette exclamation échappait à un clerc appartenant au genre de ceux qu'on appelle dans les études des *saute-ruisseaux*, et qui mordait en ce moment de fort bon appétit dans un morceau de pain ; il en arracha un peu de mie pour faire une boulette et la lança railleusement par le vasistas d'une fenêtre sur laquelle il s'appuyait. Bien dirigée, la boulette rebondit presque à la hauteur de la croisée, après avoir frappé le chapeau d'un inconnu qui traversait la cour d'une maison située rue Vivienne, où demeurait maître Derville, avoué.

« Allons, Simonnin, ne faites donc pas de sottises aux gens, ou je vous mets à la porte. Quelque pauvre que soit un client, c'est toujours un homme, que diable ! » dit le Maître clerc en interrompant l'addition d'un mémoire de frais.

Le saute-ruisseau est généralement, comme était Simonnin, un garçon de treize à quatorze ans, qui dans toutes les études se trouve sous la domination spéciale du principal clerc, dont les commissions et les billets doux l'occupent tout en allant porter des exploits chez les huissiers et les placets au Palais. Il tient au gamin de Paris par ses mœurs, et à la chicane par sa destinée.

---

1. Le personnage est ici désigné par le vêtement qu'il porte. Vêtement complètement démodé qui signe son appartenance à une époque révolue. Le carrick, d'origine anglaise, était une sorte de houppelande.

Cet enfant est presque toujours sans pitié, sans frein, indisciplinable, faiseur de couplets, goguenard, avide et paresseux. Néanmoins, presque tous les petits clercs ont une vieille mère logée à un cinquième étage, avec laquelle ils partagent les trente ou quarante francs qui leur sont alloués par mois.

« Si c'est un homme, pourquoi l'appelez-vous *vieux carrick* ? » dit Simonnin de l'air de l'écolier qui prend son maître en faute.

Et il se remit à manger son pain et son fromage en accotant son épaule sur le montant de la fenêtre ; car il se reposait debout, ainsi que les chevaux de coucou, l'une de ses jambes relevée et appuyée contre l'autre, sur le bout du soulier.

« Quel tour pourrions-nous jouer à ce chinois-là ? » dit à voix basse le troisième clerc nommé Godeschal en s'arrêtant au milieu d'un raisonnement qu'il engendrait dans une requête grossoyée par le quatrième clerc et dont les copies étaient faites par deux néophytes venus de province.

Puis il continua son improvisation :

— ... *Mais, dans sa noble et bienveillante sagesse, Sa Majesté Louis Dix-Huit...* (mettez en toutes lettres, hé ! Desroches le savant qui faites la Grosse !), *au moment où Elle reprit les rênes de son royaume, comprit...* (qu'est-ce qu'il comprit, ce gros farceur-là ?) *la haute mission à laquelle Elle était appelée par la divine Providence !...* (point admiratif et six points : on est assez religieux au Palais pour nous les passer), *et sa première pensée fut, ainsi que le prouve la date de l'ordonnance ci-dessous désignée, de réparer les infortunes causées par les affreux et tristes désastres de nos temps révolutionnaires, en restituant à ses fidèles et nombreux serviteurs* (nombreux est une flatterie qui doit plaire au tribunal) *tous leurs biens non vendus, soit qu'ils se trouvassent dans le domaine public, soit qu'ils se trouvassent dans le domaine ordinaire ou extraordinaire de la couronne, soit enfin qu'ils se trouvassent dans les dotations d'établissements publics, car nous*

*sommes et nous nous prétendons habiles à soutenir que
tel est l'esprit et le sens de la fameuse et si loyale ordonnance rendue en...* « Attendez, dit Godeschal aux trois
clercs, cette scélérate de phrase a rempli la fin de ma
page. — Eh bien, reprit-il en mouillant de sa langue
le dos du cahier afin de pouvoir tourner la page épaisse
de son papier timbré, eh bien, si vous voulez lui faire
une farce, il faut lui dire que le patron ne peut parler
à ses clients qu'entre deux et trois heures du matin :
nous verrons s'il viendra, le vieux malfaiteur ! »

Et Godeschal reprit la phrase commencée :

« *Rendue en...* Y êtes-vous ? demanda-t-il.

— Oui », crièrent les trois copistes.

Tout marchait à la fois, la requête, la causerie et la
conspiration.

« *Rendue en...* Hein ? papa Boucard, quelle est la
date de l'ordonnance ? il faut mettre les points sur les i,
saquerlotte ! cela fait des pages.

— *Saquerlotte* ! répéta l'un des copistes avant que
Boucard le Maître clerc n'eût répondu.

— Comment ! vous avez écrit *saquerlotte* ? s'écria
Godeschal en regardant l'un des nouveaux venus d'un
air à la fois sévère et goguenard.

— Mais oui, dit Desroches, le quatrième clerc, en se
penchant sur la copie de son voisin, il a écrit : *Il faut
mettre les points sur les i,* et *sakerlotte* avec un k. »

Tous les clercs partirent d'un grand éclat de rire.

« Comment ! monsieur Huré, vous prenez *saquerlotte* pour un terme de droit, et vous dites que vous êtes
de Mortagne ! s'écria Simonnin.

— Effacez bien ça ! dit le Principal clerc. Si le juge
chargé de taxer le dossier voyait des choses pareilles,
il dirait qu'*on se moque de la barbouillée*[1] ! Vous
causeriez des désagréments au patron. Allons, ne faites

---

1. Selon Littré : « Se moquer de la barbouillée se dit d'une personne qui débite des choses absurdes et ridicules, et aussi d'une personne qui, ayant bien fait ses affaires, se moque de tout ce qui peut
arriver. »

plus de ces bêtises-là, monsieur Huré ! Un Normand ne doit pas écrire insouciamment une requête. C'est le *Portez arme !* de la basoche.

— *Rendue en... en ?...* demanda Godeschal. Dites-moi donc quand, Boucard ?

— Juin 1814 », répondit le Premier clerc sans quitter son travail.

Un coup frappé à la porte de l'étude interrompit la phrase de la prolixe requête. Cinq clercs bien endentés, aux yeux vifs et railleurs, aux têtes crépues, levèrent le nez vers la porte, après avoir tous crié d'une voix de chantre : « Entrez. » Boucard resta la face ensevelie dans un monceau d'actes, nommés *broutille* en style de Palais, et continua de dresser le mémoire de frais auquel il travaillait.

L'étude était une grande pièce ornée du poêle classique qui garnit tous les antres de la chicane. Les tuyaux traversaient diagonalement la chambre et rejoignaient une cheminée condamnée sur le marbre de laquelle se voyaient divers morceaux de pain, des triangles de fromage de Brie, des côtelettes de porc frais, des verres, des bouteilles, et la tasse de chocolat du Maître clerc. L'odeur de ces comestibles s'amalgamait si bien avec la puanteur du poêle chauffé sans mesure, avec le parfum particulier aux bureaux et aux paperasses, que la puanteur d'un renard n'y aurait pas été sensible. Le plancher était déjà couvert de fange et de neige apportées par les clercs. Près de la fenêtre se trouvait le secrétaire à cylindre du Principal, et auquel était adossée la petite table destinée au second clerc. Le second *faisait* en ce moment le Palais. Il pouvait être de huit à neuf heures du matin. L'étude avait pour tout ornement ces grandes affiches jaunes qui annoncent des saisies immobilières, des ventes, des licitations entre majeurs et mineurs, des adjudications définitives ou préparatoires, la gloire des études ! Derrière le Maître clerc était un énorme casier qui garnissait le mur du haut en bas, et dont chaque compartiment était bourré de liasses d'où pendaient un nombre infini d'étiquettes et de bouts de fil rouge qui donnent une physionomie spéciale aux dossiers de procédure. Les rangs inférieurs du casier étaient pleins de cartons jaunis par l'usage, bordés de papier bleu, et sur lesquels se lisaient les noms des gros clients dont les affaires juteuses se cuisinaient en ce moment. Les sales vitres de la croisée laissaient passer peu de jour. D'ailleurs, au mois de février, il existe à Paris très peu d'études où l'on puisse écrire sans le secours d'une lampe avant dix heures, car elles sont toutes l'objet d'une négligence assez concevable : tout le monde y va, personne n'y reste, aucun intérêt personnel ne s'attache à ce qui est si banal ; ni l'avoué, ni les plaideurs, ni les clercs ne tiennent à l'élégance d'un endroit qui pour les uns est une classe, pour les autres un passage, pour le maître un laboratoire. Le mobilier crasseux se transmet d'avoué en avoué avec un scrupule si religieux, que certaines études possèdent encore des boîtes à *résidus*, des moules à *tirets*, des sacs provenant des procureurs au *Chlet*, abréviation du mot CHATELET, juridiction qui représentait dans l'ancien ordre de choses le tribunal de première instance actuel. Cette étude obscure, grasse de poussière, avait donc, comme toutes les autres, quelque chose de repoussant pour les plaideurs, et qui en faisait une des plus hideuses monstruosités parisiennes. Certes, si les sacristies humides où les prières se pèsent et se payent comme des épices, si les magasins des revendeuses où flottent des guenilles qui flétrissent toutes les illusions de la vie en nous montrant où aboutissent nos fêtes, si ces deux cloaques de la poésie n'existaient pas, une étude d'avoué serait de toutes les boutiques sociales la plus horrible. Mais il en est ainsi de la maison de jeu, du tribunal, du bureau de loterie et du mauvais lieu. Pourquoi ? Peut-être dans ces endroits le drame, en se jouant dans l'âme de l'homme, lui rend-il les accessoires indifférents : ce qui expliquerait aussi la simplicité des grands penseurs et des grands ambitieux.

« Où est mon canif ?

— Je déjeune !

— Va te faire lanlaire, voilà un pâté sur la requête !

— Chut ! messieurs. »

Ces diverses exclamations partirent à la fois au moment où le vieux plaideur ferma la porte avec cette sorte d'humilité qui dénature les mouvements de l'homme malheureux. L'inconnu essaya de sourire, mais les muscles de son visage se détendirent quand il eut vainement cherché quelques symptômes d'aménité sur les visages inexorablement insouciants des six clercs. Accoutumé sans doute à juger les hommes, il s'adressa fort poliment au saute-ruisseau, en espérant que ce *pâtira* [1] lui répondrait avec douceur.

« Monsieur, votre patron est-il visible ? »

Le malicieux saute-ruisseau ne répondit au pauvre homme qu'en se donnant avec les doigts de la main gauche de petits coups répétés sur l'oreille, comme pour dire : « Je suis sourd. »

« Que souhaitez-vous, monsieur ? demanda Godeschal, qui, tout en faisant cette question, avalait une bouchée de pain avec laquelle on eût pu charger une pièce de quatre, brandissait son couteau, et se croisait les jambes en mettant à la hauteur de son œil celui de ses pieds qui se trouvait en l'air.

— Je viens ici, monsieur, pour la cinquième fois, répondit le patient. Je souhaite parler à M. Derville.

— Est-ce pour affaire ?

— Oui, mais je ne puis l'expliquer qu'à monsieur...

— Le patron dort ; si vous désirez le consulter sur quelques difficultés, il ne travaille sérieusement qu'à minuit. Mais, si vous vouliez nous dire votre cause, nous pourrions, tout aussi bien que lui, vous... »

L'inconnu resta impassible. Il se mit à regarder modestement autour de lui, comme un chien qui, en se glissant dans une cuisine étrangère, craint d'y recevoir des coups. Par une grâce de leur état, les clercs

---

1. Souffre-douleur.

n'ont jamais peur des voleurs ; ils ne soupçonnèrent donc point l'homme au carrick et lui laissèrent observer le local, où il cherchait vainement un siège pour se reposer, car il était visiblement fatigué. Par système, les avoués laissent peu de chaises dans leurs études. Le client vulgaire, lassé d'attendre sur ses jambes, s'en va grognant, mais il ne prend pas un temps qui, suivant le mot d'un vieux procureur, n'est pas admis en *taxe*.

« Monsieur, répondit-il, j'ai déjà eu l'honneur de vous prévenir que je ne pouvais expliquer mon affaire qu'à M. Derville, je vais attendre son lever. »

Boucard avait fini son addition. Il sentit l'odeur de son chocolat, quitta son fauteuil de canne, vint à la cheminée, toisa le vieil homme, regarda le carrick et fit une grimace indescriptible. Il pensa probablement que, de quelque manière que l'on tordît ce client, il serait impossible d'en extraire un centime ; il intervint alors par une parole brève, dans l'intention de débarrasser l'étude d'une mauvaise pratique.

« Ils vous disent la vérité, monsieur. Le patron ne travaille que pendant la nuit. Si votre affaire est grave, je vous conseille de revenir à une heure du matin. »

Le plaideur regarda le Maître clerc d'un air stupide, et demeura pendant un moment immobile. Habitués à tous les changements de physionomie et aux singuliers caprices produits par l'indécision ou par la rêverie qui caractérisent les gens processifs, les clercs continuèrent à manger, en faisant autant de bruit avec leurs mâchoires que doivent en faire des chevaux au râtelier, et ne s'inquiétèrent plus du vieillard.

« Monsieur, je viendrai ce soir », dit enfin le vieux, qui, par une ténacité particulière aux gens malheureux, voulait prendre en défaut l'humanité.

La seule épigramme permise à la Misère est d'obliger la Justice et la Bienfaisance à des dénis injustes. Quand les malheureux ont convaincu la Société de mensonge, ils se rejettent plus vivement dans le sein de Dieu.

« Ne voilà-t-il pas un fameux *crâne* ? dit Simonnin sans attendre que le vieillard eût fermé la porte.

— Il a l'air d'un déterré, reprit le clerc.

— C'est quelque colonel qui réclame un arriéré, dit le Maître clerc.

— Non, c'est un ancien concierge, dit Godeschal.

— Parions qu'il est noble ? s'écria Boucard.

— Je parie qu'il a été portier, répliqua Godeschal. Les portiers sont seuls doués par la nature de carricks usés, huileux et déchiquetés par le bas comme l'est celui de ce vieux bonhomme. Vous n'avez donc vu ni ses bottes éculées qui prennent l'eau, ni sa cravate qui lui sert de chemise ? Il a couché sous les ponts.

— Il pourrait être noble et avoir tiré le cordon, s'écria Desroches. Ça s'est vu !

— Non, reprit Boucard au milieu des rires, je soutiens qu'il a été brasseur en 1789, et colonel sous la République.

— Ah ! je parie un spectacle pour tout le monde qu'il n'a pas été soldat, dit Godeschal.

— Ça va, répliqua Boucard.

— Monsieur ! monsieur ! cria le petit clerc en ouvrant la fenêtre.

— Que fais-tu, Simonnin ? demanda Boucard.

— Je l'appelle pour lui demander s'il est colonel ou portier ; il doit le savoir, lui. »

Tous les clercs se mirent à rire. Quant au vieillard, il remontait déjà l'escalier.

« Qu'allons-nous lui dire ? s'écria Godeschal.

— Laissez-moi faire ! » répondit Boucard.

Le pauvre homme rentra timidement en baissant les yeux, peut-être pour ne pas révéler sa faim en regardant avec trop d'avidité les comestibles.

« Monsieur, lui dit Boucard, voulez-vous avoir la complaisance de nous donner votre nom afin que le patron sache si ... ?

— Chabert.

— Est-ce le colonel mort à Eylau ? demanda Huré, qui, n'ayant encore rien dit, était jaloux d'ajouter une raillerie à toutes les autres.

— Lui-même, monsieur », répondit le bonhomme avec une simplicité antique.

Et il se retira.

« Chouit !

— Dégommé !

— Puff !

— Oh !

— Ah !

— Bâoum !

— Ah ! le vieux drôle !

— Trinn la la trinn trinn !

— Enfoncé !

— Monsieur Desroches, vous irez au spectacle sans payer », dit Huré au quatrième clerc en lui donnant sur l'épaule une tape à tuer un rhinocéros.

Ce fut un torrent de cris, de rires et d'exclamations, à la peinture duquel on userait toutes les onomatopées de la langue.

« À quel théâtre irons-nous ?

— À l'Opéra ! s'écria le principal.

— D'abord, reprit Godeschal, le théâtre n'a pas été désigné. Je puis, si je veux, vous mener chez madame Saqui [1].

— Madame Saqui n'est pas un spectacle.

— Qu'est-ce qu'un spectacle ? reprit Godeschal. Établissons d'abord *le point de fait*. Qu'ai-je parié, messieurs ? Un spectacle. Qu'est-ce qu'un spectacle ? Une chose qu'on voit...

— Mais, dans ce système-là, vous vous acquitteriez donc en nous menant voir l'eau couler sous le pont Neuf ? s'écria Simonnin en interrompant.

— Qu'on voit pour de l'argent, disait Godeschal en continuant.

— Mais on voit pour de l'argent bien des choses qui ne sont pas un spectacle. La définition n'est pas exacte, dit Desroches.

---

1. Danseuse et acrobate célèbre, Mme Saqui se produisait boulevard du Temple dans un théâtre de funambules.

— Mais écoutez-moi donc !

— Vous déraisonnez, mon cher, dit Boucard.

— Curtius est-il un spectacle ? dit Godeschal.

— Non, répondit le maître clerc, c'est un cabinet de figures.

— Je parie cent francs contre un sou, reprit Godeschal, que le cabinet de Curtius [1] constitue l'ensemble de choses auquel est dévolu le nom de spectacle. Il comporte une chose à voir à différents prix, suivant les différentes places où l'on veut se mettre.

— Et *berlik berlok*, dit Simonnin.

— Prends garde que je ne te gifle, toi ! » dit Godeschal.

Les clercs haussèrent les épaules.

« D'ailleurs, il n'est pas prouvé que ce vieux singe ne se soit pas moqué de nous, dit-il en cessant son argumentation étouffée par le rire des autres clercs. En conscience, le colonel Chabert est bien mort, sa femme est remariée au comte Ferraud, conseiller d'État. Madame Ferraud est une des clientes de l'étude !

— La cause est remise à demain, dit Boucard. À l'ouvrage, messieurs ! Sac à papier ! l'on ne fait rien ici. Finissez donc votre requête, elle doit être signifiée avant l'audience de la quatrième chambre. L'affaire se juge aujourd'hui. Allons, à cheval !

— Si c'eût été le colonel Chabert, est-ce qu'il n'aurait pas chaussé le bout de son pied dans le postérieur de ce farceur de Simonnin quand il a fait le sourd ? dit Desroches en regardant cette observation comme plus concluante que celle de Godeschal.

— Puisque rien n'est décidé, reprit Boucard, convenons d'aller aux secondes loges des Français voir Talma dans Néron. Simonnin ira au parterre. »

Là-dessus, le maître clerc s'assit à son bureau, et chacun l'imita.

---

1. Le cabinet de Curtius, sis au Palais-Royal, était un peu l'ancêtre de notre musée Grévin : les personnages célèbres y étaient reproduits en cire.

« *Rendue en juin mil huit cent quatorze* (en toutes lettres), dit Godeschal. Y êtes-vous ?

— Oui, répondirent les deux copistes et le grossoyeur, dont les plumes commencèrent à crier sur le papier timbré en faisant dans l'étude le bruit de cent hannetons enfermés par des écoliers dans des cornets de papier.

— *Et nous espérons que Messieurs composant le tribunal...*, dit l'improvisateur. — Halte ! il faut que je relise ma phrase, je ne me comprends plus moi-même.

— Quarante-six.... (Ça doit arriver souvent !...) et trois quarante-neuf, dit Boucard.

— *Nous espérons*, reprit Godeschal après avoir tout relu, que *Messieurs composant le tribunal ne seront pas moins grands que ne l'est l'auguste auteur de l'ordonnance, et qu'ils feront justice des misérables prétentions de l'administration de la grande chancellerie de la Légion d'honneur en fixant la jurisprudence dans le sens large que nous établissons ici...*

— Monsieur Godeschal, voulez-vous un verre d'eau ? dit le petit clerc.

— Ce farceur de Simonnin ! dit Boucard. — Tiens, apprête tes chevaux à double semelle, prends ce paquet, et valse jusqu'aux Invalides.

— *Que nous établissons ici*, reprit Godeschal. Ajoutez : *dans l'intérêt de madame...* (en toutes lettres) *la vicomtesse de Grandlieu...*

— Comment ! s'écria le maître clerc, vous vous avisez de faire des requêtes dans l'affaire vicomtesse de Grandlieu contre Légion d'honneur, une affaire pour compte d'étude, entreprise à forfait ? Ah ! vous êtes un fier nigaud ! Voulez-vous bien me mettre de côté vos copies et votre minute, gardez-moi cela pour l'affaire Navarreins contre les Hospices. Il est tard, je vais faire un bout de placet, avec des *attendu*, et j'irai moi-même au Palais... »

Cette scène représente un des mille plaisirs qui, plus tard, font dire en pensant à la jeunesse : « C'était le bon temps ! »

Vers une heure du matin, le prétendu colonel Chabert vint frapper à la porte de maître Derville, avoué près le tribunal de première instance du département de la Seine. Le portier lui répondit que M. Derville n'était pas rentré. Le vieillard allégua le rendez-vous et monta chez ce célèbre légiste, qui, malgré sa jeunesse, passait pour être une des plus fortes têtes du Palais. Après avoir sonné, le défiant solliciteur ne fut pas médiocrement étonné de voir le premier clerc occupé à ranger sur la table de la salle à manger de son patron les nombreux dossiers des affaires qui *venaient* le lendemain en ordre utile. Le clerc, non moins étonné, salua le colonel en le priant de s'asseoir : ce que fit le plaideur.

« Ma foi, monsieur, j'ai cru que vous plaisantiez hier en m'indiquant une heure si matinale pour une consultation, dit le vieillard avec la fausse gaieté d'un homme ruiné qui s'efforce de sourire.

— Les clercs plaisantaient et disaient vrai tout ensemble, répondit le Principal en continuant son travail. M. Derville a choisi cette heure pour examiner ses causes, en résumer les moyens, en ordonner la conduite, en disposer les *défenses*. Sa prodigieuse intelligence est plus libre en ce moment, le seul où il obtienne le silence et la tranquillité nécessaires à la conception des bonnes idées. Vous êtes, depuis qu'il est avoué, le troisième exemple d'une consultation donnée à cette heure nocturne. Après être rentré, le patron discutera chaque affaire, lira tout, passera peut-être quatre ou cinq heures à sa besogne ; puis il me sonnera et m'expliquera ses intentions. Le matin, de dix heures à deux heures, il écoute ses clients, puis il emploie le reste de la journée à ses rendez-vous. Le soir, il va dans le monde pour y entretenir ses relations. Il n'a donc que la nuit pour creuser ses procès, fouiller les arsenaux du Code et faire ses plans de bataille. Il ne veut pas perdre une seule cause, il a l'amour de son art. Il ne se charge pas, comme ses confrères, de toute espèce d'affaire. Voilà sa vie, qui est singulièrement active. Aussi gagne-t-il beaucoup d'argent. »

En entendant cette explication, le vieillard resta silencieux, et sa bizarre figure prit une expression si dépourvue d'intelligence, que le clerc, après l'avoir regardé, ne s'occupa plus de lui. Quelques instants après, Derville rentra, mis en costume de bal ; son maître clerc lui ouvrit la porte, et se remit à achever le classement des dossiers. Le jeune avoué demeura pendant un moment stupéfait en entrevoyant dans le clair-obscur le singulier client qui l'attendait. Le colonel Chabert ◆◼ était aussi parfaitement immobile que peut l'être une figure de cire de ce cabinet de Curtius où Godeschal avait voulu mener ses camarades. Cette immobilité n'aurait peut-être pas été un sujet d'étonnement, si elle n'eût complété le spectacle surnaturel que présentait l'ensemble du personnage. Le vieux soldat était sec et maigre. Son front, volontairement caché sous les cheveux de sa perruque lisse, lui donnait quelque chose de mystérieux. Ses yeux paraissaient couverts d'une taie transparente : vous eussiez dit de la nacre sale dont les reflets bleuâtres chatoyaient à la lueur des bougies. Le visage, pâle, livide et en lame de couteau, s'il est permis d'emprunter cette expression vulgaire, semblait mort. Le cou était serré par une mauvaise cravate de soie noire. L'ombre cachait si bien le corps à partir de la ligne brune que décrivait ce haillon, qu'un homme d'imagination aurait pu prendre cette vieille tête pour quelque silhouette due au hasard, ou pour un portrait de Rembrandt [1], sans cadre. Les bords du chapeau qui couvrait le front du vieillard projetaient un sillon noir sur le haut du visage. Cet effet bizarre, quoique naturel, faisait ressortir, par la brusquerie du contraste, les

---

1. Balzac se réfère souvent à la peinture hollandaise et plus spécialement à l'œuvre de Rembrandt. Dans le récit intitulé le *Chef-d'œuvre inconnu* et paru pour la première fois, comme *Le Colonel Chabert* dans *L'Artiste* (en juillet-août 1831), il écrit à propos de son héros, le peintre Frenhofer : « Vous eussiez dit d'une toile de Rembrandt marchant silencieusement et sans cadre dans la noire atmosphère que s'est appropriée le grand peintre. »

◆◼ Voir *Au fil du texte*, p. IX.

rides blanches, les sinuosités froides, le sentiment déco-
loré de cette physionomie cadavéreuse. Enfin l'absence
de tout mouvement dans le corps, de toute chaleur dans
le regard, s'accordait avec une certaine expression de
démence triste, avec les dégradants symptômes par lesquels se caractérise l'idiotisme, pour faire de cette figure
je ne sais quoi de funeste qu'aucune parole humaine
ne pourrait exprimer. Mais un observateur, et surtout
un avoué, aurait trouvé de plus en cet homme foudroyé
les signes d'une douleur profonde, les indices d'une
misère qui avait dégradé ce visage, comme les gouttes
d'eau tombées du ciel sur un beau marbre l'ont à la
longue défiguré. Un médecin, un auteur, un magistrat,
eussent pressenti tout un drame à l'aspect de cette
sublime horreur dont le moindre mérite était de ressem-
bler à ces fantaisies que les peintres s'amusent à dessi-
ner au bas de leurs pierres lithographiques en causant
avec leurs amis.

En voyant l'avoué, l'inconnu tressaillit par un mouvement convulsif semblable à celui qui échappe aux
poètes quand un bruit inattendu vient les détourner
d'une féconde rêverie, au milieu du silence et de la nuit.
Le vieillard se découvrit promptement et se leva pour
saluer le jeune homme ; le cuir qui garnissait l'intérieur
de son chapeau étant sans doute fort gras, sa perruque
y resta collée sans qu'il s'en aperçût, et laissa voir à
nu son crâne horriblement mutilé par une cicatrice
transversale qui prenait à l'occiput et venait mourir à
l'œil droit, en formant partout une grosse couture saillante. L'enlèvement soudain de cette perruque sale, que
le pauvre homme portait pour cacher sa blessure, ne
donna nulle envie de rire aux deux gens de loi, tant ce
crâne fendu était épouvantable à voir. La première
pensée que suggérait l'aspect de cette blessure était celle-
ci : « Par là s'est enfuie l'intelligence ! »

« Si ce n'est pas le colonel Chabert, ce doit être un
fier troupier ! pensa Boucard.

— Monsieur, lui dit Derville, à qui ai-je l'honneur
de parler ?

— Au colonel Chabert.

— Lequel ?

— Celui qui est mort à Eylau », répondit le vieillard.

En entendant cette singulière phrase, le clerc et l'avoué se jetèrent un regard qui signifiait : « C'est un fou ! »

« Monsieur, reprit le colonel, je désirerais ne confier qu'à vous le secret de ma situation. »

Une chose digne de remarque est l'intrépidité naturelle aux avoués. Soit l'habitude de recevoir un grand nombre de personnes, soit le profond sentiment de la protection que les lois leur accordent, soit confiance en leur ministère, ils entrent partout sans rien craindre, comme les prêtres et les médecins. Derville fit un signe à Boucard, qui disparut.

« Monsieur, reprit l'avoué, pendant le jour je ne suis pas trop avare de mon temps ; mais au milieu de la nuit les minutes me sont précieuses. Ainsi, soyez bref et concis. Allez au fait sans digression. Je vous demanderai moi-même les éclaircissements qui me sembleront nécessaires. Parlez. »

Après avoir fait asseoir son singulier client, le jeune homme s'assit lui-même devant la table ; mais, tout en prêtant son attention au discours du feu colonel, il feuilleta ses dossiers.

« Monsieur, dit le défunt, peut-être savez-vous que je commandais un régiment de cavalerie à Eylau. J'ai été pour beaucoup dans le succès de la célèbre charge que fit Murat, et qui décida le gain de la bataille. Malheureusement pour moi, ma mort est un fait historique consigné dans les *Victoires et Conquêtes*[1], où elle est rapportée en détail. Nous fendîmes en deux les trois lignes russes, qui, s'étant aussitôt reformées, nous obligèrent à les retraverser en sens contraire. Au moment

---

1. Publication parue entre 1817 et 1823 (en vingt-neuf volumes !) et qui connut un grand succès sous la Restauration, notamment auprès des anciens soldats de Napoléon. Elle relatait les « victoires, conquêtes, revers et guerres civiles des Français de 1792 à 1815 ».

où nous revenions vers l'empereur, après avoir dispersé les Russes, je rencontrai un gros de cavalerie ennemie. Je me précipitai sur ces entêtés-là. Deux officiers russes, deux vrais géants, m'attaquèrent à la fois. L'un d'eux m'appliqua sur la tête un coup de sabre qui fendit tout, jusqu'à un bonnet de soie noire que j'avais sur la tête, et m'ouvrit profondément le crâne. Je tombai de cheval. Murat vint à mon secours, il me passa sur le corps, lui et tout son monde, quinze cents hommes, excusez du peu ! Ma mort fut annoncée à l'empereur, qui, par prudence (il m'aimait un peu, le patron !), voulut savoir s'il n'y aurait pas quelque chance de sauver l'homme auquel il était redevable de cette vigoureuse attaque. Il envoya, pour me reconnaître et me rapporter aux ambulances, deux chirurgiens en leur disant, peut-être trop négligemment, car il avait de l'ouvrage : ''Allez donc voir si, par hasard, mon pauvre Chabert vit encore.'' Ces sacrés carabins, qui venaient de me voir foulé aux pieds par les chevaux de deux régiments, se dispensèrent sans doute de me tâter le pouls et dirent que j'étais bien mort. L'acte de mon décès fut donc probablement dressé d'après les règles établies par la jurisprudence militaire. »

En entendant son client s'exprimer avec une lucidité parfaite et raconter des faits si vraisemblables, quoique étranges, le jeune avoué laissa ses dossiers, posa son coude gauche sur la table, se mit la tête dans la main et regarda le colonel fixement.

« Savez-vous, monsieur, lui dit-il en l'interrompant, que je suis l'avoué de la comtesse Ferraud, veuve du colonel Chabert ?

— Ma femme ! Oui, monsieur. Aussi, après cent démarches infructueuses chez des gens de loi qui m'ont tous pris pour un fou, me suis-je déterminé à venir vous trouver. Je vous parlerai de mes malheurs plus tard. Laissez-moi d'abord vous établir les faits, vous expliquer plutôt comme ils ont dû se passer, que comme ils sont arrivés. Certaines circonstances, qui ne doivent être connues que du Père éternel, m'obligent à en présenter

●◆ Voir *Au fil du texte*, p. IX.

plusieurs comme des hypothèses. Donc, monsieur, les blessures que j'ai reçues auront probablement produit un tétanos, ou m'auront mis dans une crise analogue à une maladie nommée, je crois, catalepsie. Autrement, comment concevoir que j'aie été, suivant l'usage de la guerre, dépouillé de mes vêtements, et jeté dans la fosse aux soldats par les gens chargés d'enterrer les morts ? Ici, permettez-moi de placer un détail que je n'ai pu connaître que postérieurement à l'événement qu'il faut bien appeler ma mort. J'ai rencontré, en 1814, à Stuttgart, un ancien maréchal des logis de mon régiment. Ce cher homme, le seul qui ait voulu me reconnaître, et de qui je vous parlerai tout à l'heure, m'expliqua le phénomène de ma conservation en me disant que mon cheval avait reçu un boulet dans le flanc au moment où je fus blessé moi-même. La bête et le cavalier s'étaient donc abattus comme des capucins de cartes [1]. En me renversant, soit à droite, soit à gauche, j'avais été sans doute couvert par le corps de mon cheval, qui m'empêcha d'être écrasé par les chevaux, ou atteint par des boulets. Lorsque je revins à moi, monsieur, j'étais dans une position et dans une atmosphère dont je ne vous donnerais pas une idée en vous entretenant jusqu'à demain. Le peu d'air que je respirais était méphitique. Je voulus me mouvoir et ne trouvai point d'espace. En ouvrant les yeux, je ne vis rien. La rareté de l'air fut l'accident le plus menaçant, et qui m'éclaira le plus vivement sur ma position. Je compris que là où j'étais, l'air ne se renouvelait point et que j'allais mourir. Cette pensée m'ôta le sentiment de la douleur inexprimable par laquelle j'avais été réveillé. Mes oreilles tintèrent violemment. J'entendis, ou je crus entendre, je ne veux rien affirmer, des gémissements poussés par le monde de cadavres au milieu duquel je gisais. Quoique la mémoire de ces moments soit bien ténébreuse, quoique

1. Cartes accolées les unes aux autres verticalement par le haut et qui, étant donné leur fragile équilibre, tombent les unes sur les autres à la première maladresse.

mes souvenirs soient bien confus, malgré les impres-
sions de souffrances encore plus profondes que je
devais éprouver et qui ont brouillé mes idées, il y a des
nuits où je crois encore entendre ces soupirs étouffés !
Mais il y a eu quelque chose de plus horrible que les
cris, un silence que je n'ai jamais retrouvé nulle part,
le vrai silence du tombeau. Enfin, en levant les mains,
en tâtant les morts, je reconnus un vide entre ma tête
et le fumier humain supérieur. Je pus donc mesurer
l'espace qui m'avait été laissé par un hasard dont la
cause m'était inconnue. Il paraît que, grâce à l'insou-
ciance ou à la précipitation avec laquelle on nous avait
jetés pêle-mêle, deux morts s'étaient croisés au-dessus
de moi de manière à décrire un angle semblable à celui
de deux cartes mises l'une contre l'autre par un enfant
qui pose les fondements d'un château. En furetant avec
promptitude, car il ne fallait pas flâner, je rencontrai
fort heureusement un bras qui ne tenait à rien, le bras
d'un Hercule ! un bon os auquel je dus mon salut. Sans
ce secours inespéré, je périssais ! Mais, avec une rage
que vous devez concevoir, je me mis à travailler les
cadavres qui me séparaient de la couche de terre sans
doute jetée sur nous, je dis nous, comme s'il y eût eu
des vivants ! J'y allais ferme, monsieur, car me voici !
Mais je ne sais pas aujourd'hui comment j'ai pu parvenir à percer la couverture de chair qui mettait une
barrière entre la vie et moi. Vous me direz que j'avais
trois bras ! Ce levier, dont je me servais avec habileté,
me procurait toujours un peu de l'air qui se trouvait
entre les cadavres que je déplaçais, et je ménageais mes
aspirations. Enfin je vis le jour, mais à travers la neige,
monsieur ! En ce moment, je m'aperçus que j'avais la
tête ouverte. Par bonheur, mon sang, celui de mes
camarades ou la peau meurtrie de mon cheval peut-être,
que sais-je ! m'avait, en se coagulant, comme enduit
d'un emplâtre naturel. Malgré cette croûte, je m'éva-
nouis quand mon crâne fut en contact avec la neige.
Cependant, le peu de chaleur qui me restait ayant fait
fondre la neige autour de moi, je me trouvai, quand

je repris connaissance, au centre d'une petite ouverture par laquelle je criai aussi longtemps que je pus. Mais alors le soleil se levait, j'avais donc bien peu de chances pour être entendu. Y avait-il déjà du monde aux champs ? Je me haussais en faisant de mes pieds un ressort dont le point d'appui était sur les défunts qui avaient les reins solides. Vous sentez que ce n'était pas le moment de leur dire : *Respect au courage malheureux !* Bref, monsieur, après avoir eu la douleur, si le mot peut rendre ma rage, de voir pendant longtemps, oh ! oui, longtemps ! ces sacrés Allemands se sauvant en entendant une voix là où ils n'apercevaient point d'homme, je fus enfin dégagé par une femme assez hardie ou assez curieuse pour s'approcher de ma tête, qui semblait avoir poussé hors de terre comme un champignon. Cette femme alla chercher son mari, et tous deux me transportèrent dans leur pauvre baraque. Il paraît que j'eus une rechute de catalepsie, passez-moi cette expression pour vous peindre un état duquel je n'ai nulle idée, mais que j'ai jugé, sur les dires de mes hôtes, devoir être un effet de cette maladie. Je suis resté pendant six mois entre la vie et la mort, ne parlant pas, ou déraisonnant quand je parlais. Enfin mes hôtes me firent admettre à l'hôpital d'Heilsberg [1]. Vous comprenez, monsieur, que j'étais sorti du ventre de la fosse aussi nu que de celui de ma mère ; en sorte que, six mois après, quand, un beau matin, je me souvins d'avoir été le colonel Chabert, et qu'en recouvrant ma raison je voulus obtenir de ma garde plus de respect qu'elle n'en accordait à un pauvre diable, tous mes camarades de chambrée se mirent à rire. Heureusement pour moi, le chirurgien avait répondu, par amour-propre, de ma guérison, et s'était naturellement intéressé à son malade. Lorsque je lui parlai d'une manière suivie de mon ancienne existence, ce brave homme,

---

1. Heilsberg est une ville de Prusse-Orientale située à trente kilomètres d'Eylau.

nommé Sparchmann, fit constater, dans les formes juridiques voulues par le droit du pays, la manière miraculeuse dont j'étais sorti de la fosse des morts, le jour et l'heure où j'avais été trouvé par ma bienfaitrice et par son mari ; le genre, la position exacte de mes blessures, en joignant à ces différents procès-verbaux une description de ma personne. Eh bien, monsieur, je n'ai ni ces pièces importantes, ni la déclaration que j'ai faite chez un notaire d'Heilsberg, en vue d'établir mon identité ! Depuis le jour où je fus chassé de cette ville par les événements de la guerre, j'ai constamment erré comme un vagabond, mendiant mon pain, traité de fou lorsque je racontais mon aventure, et sans avoir ni trouvé ni gagné un sou pour me procurer les actes qui pouvaient prouver mes dires, et me rendre à la vie sociale. Souvent, mes douleurs me retenaient durant des semestres entiers dans de petites villes où l'on prodiguait des soins au Français malade, mais où l'on riait au nez de cet homme dès qu'il prétendait être le colonel Chabert. Pendant longtemps, ces rires, ces doutes me mettaient dans une fureur qui me nuisit et me fit même enfermer comme fou à Stuttgart. À la vérité, vous pouvez juger, d'après mon récit, qu'il y avait des raisons suffisantes pour faire coffrer un homme ! Après deux ans de détention que je fus obligé de subir, après avoir entendu mille fois mes gardiens disant : ''Voilà un pauvre homme qui croit être le colonel Chabert !'' à des gens qui répondaient : ''Le pauvre homme !'' je fus convaincu de l'impossibilité de ma propre aventure, je devins triste, résigné, tranquille, et renonçai à me dire le colonel Chabert, afin de pouvoir sortir de prison et revoir la France. Oh ! monsieur, revoir Paris ! c'était un délire que je ne... »

À cette phrase inachevée, le colonel Chabert tomba dans une rêverie profonde que Derville respecta.

« Monsieur, un beau jour, reprit le client, un jour de printemps, on me donna la clef des champs et dix thalers, sous prétexte que je parlais très sensément sur toute sorte de sujets et que je ne me disais plus le colonel Chabert. Ma foi, vers cette époque, et encore aujourd'hui, par moments, mon nom m'est désagréable. Je voudrais n'être pas moi. Le sentiment de mes droits me tue. Si ma maladie m'avait ôté tout souvenir de mon existence passée, j'aurais été heureux ! J'eusse repris du service sous un nom quelconque, et, qui sait ? je serais peut-être devenu feld-maréchal en Autriche ou en Russie.

— Monsieur, dit l'avoué, vous brouillez toutes mes idées. Je crois rêver en vous écoutant. De grâce, arrêtons-nous pendant un moment.

— Vous êtes, dit le colonel d'un air mélancolique, la seule personne qui m'ait si patiemment écouté. Aucun homme de loi n'a voulu m'avancer dix napoléons afin de faire venir d'Allemagne les pièces nécessaires pour commencer mon procès...

— Quel procès ? dit l'avoué, qui oubliait la situation douloureuse de son client en entendant le récit de ses misères passées.

— Mais, monsieur, la comtesse Ferraud n'est-elle pas ma femme ? Elle possède trente mille livres de rente qui m'appartiennent, et ne veut pas me donner deux liards. Quand je dis ces choses à des avoués, à des hommes de bon sens ; quand je propose, moi, mendiant, de plaider contre un comte et une comtesse ; quand je m'élève, moi, mort, contre un acte de décès, un acte de mariage et des actes de naissance, ils m'éconduisent, suivant leur caractère, soit avec un air froidement poli que vous savez prendre pour vous débarrasser d'un malheureux, soit brutalement, en gens qui croient rencontrer un intrigant ou un fou. J'ai été enterré sous les morts ; mais, maintenant, je suis enterré sous des vivants, sous des actes, sous des faits, sous la société tout entière, qui veut me faire rentrer sous terre !

— Monsieur, veuillez poursuivre maintenant, dit l'avoué.

— *Veuillez*, s'écria le malheureux vieillard en prenant la main du jeune homme, voilà le premier mot de politesse que j'entends depuis... »

Le colonel pleura. La reconnaissance étouffa sa voix. Cette pénétrante et indicible éloquence qui est dans le regard, dans le geste, dans le silence même, acheva de convaincre Derville et le toucha vivement.

« Écoutez, monsieur, dit-il à son client, j'ai gagné ce soir trois cents francs au jeu ; je puis bien employer la moitié de cette somme à faire le bonheur d'un homme. Je commencerai les poursuites et diligences nécessaires pour vous procurer les pièces dont vous me parlez, et, jusqu'à leur arrivée, je vous remettrai cent sous par jour. Si vous êtes le colonel Chabert, vous saurez pardonner la modicité du prêt à un jeune homme qui a sa fortune à faire. Poursuivez. »

Le prétendu colonel resta pendant un moment immobile et stupéfait : son extrême malheur avait sans doute détruit ses croyances. S'il courait après son illustration militaire, après sa fortune, après lui-même, peut-être était-ce pour obéir à ce sentiment inexplicable, en germe dans le cœur de tous les hommes, et auquel nous devons les recherches des alchimistes, la passion de la gloire, les découvertes de l'astronomie, de la physique, tout ce qui pousse l'homme à se grandir en se multipliant par les faits ou par les idées. L'*ego*, dans sa pensée, n'était plus qu'un objet secondaire, de même que la vanité du triomphe ou le plaisir du gain deviennent plus chers au parieur que ne l'est l'objet du pari. Les paroles du jeune avoué furent donc comme un miracle pour cet homme rebuté pendant dix années par sa femme, par la justice, par la création sociale entière. Trouver chez un avoué ces dix pièces d'or qui lui avaient été refusées pendant si longtemps, par tant de personnes et de tant de manières ! Le colonel ressemblait à cette dame qui, ayant eu la fièvre durant quinze années, crut avoir changé de maladie le jour où elle fut guérie. Il est des félicités auxquelles on ne croit plus ; elles arrivent, c'est la foudre, elles consument. Aussi la reconnaissance du pauvre homme était-elle trop vive pour qu'il pût l'exprimer. Il eût paru froid aux gens superficiels, mais Derville devina toute une probité dans cette stupeur. Un fripon aurait eu de la voix.

« Où en étais-je ? dit le colonel avec la naïveté d'un enfant ou d'un soldat, car il y a souvent de l'enfant dans le vrai soldat, et presque toujours du soldat chez l'enfant, surtout en France.

— À Stuttgart. Vous sortiez de prison, répondit l'avoué.

— Vous connaissez ma femme ? demanda le colonel.

— Oui, répliqua Derville en inclinant la tête.

— Comment est-elle ?

— Toujours ravissante. »

Le vieillard fit un signe de main, et parut dévorer quelque secrète douleur avec cette résignation grave et solennelle qui caractérise les hommes éprouvés dans le sang et le feu des champs de bataille.

« Monsieur », dit-il avec une sorte de gaieté ; car il respirait, ce pauvre colonel, il sortait une seconde fois de la tombe, il venait de fondre une couche de neige moins soluble que celle qui jadis lui avait glacé la tête, et il aspirait l'air comme s'il quittait un cachot ; « monsieur, dit-il, si j'avais été joli garçon, aucun de mes malheurs ne me serait arrivé. Les femmes croient les gens quand ils farcissent leurs phrases du mot amour. Alors elles trottent, elles vont, elles se mettent en quatre, elles intriguent, elles affirment les faits, elles font le diable pour celui qui leur plaît. Comment aurais-je pu intéresser une femme ? j'avais une face de *Requiem*, j'étais vêtu comme un sans-culotte, je ressemblais plutôt à un Esquimau qu'à un Français, moi qui jadis passais pour le plus joli des muscadins, en 1799 ! moi, Chabert, comte de l'Empire ! Enfin, le jour même où l'on me jeta sur le pavé comme un chien, je rencontrai le maréchal des logis de qui je vous ai déjà parlé. Le camarade se nommait Boutin. Le pauvre diable et moi faisions la plus belle paire de rosses que j'aie jamais vue ; je l'aperçus à la promenade, si je le reconnus, il lui fut impossible de deviner qui j'étais. Nous allâmes ensemble dans un cabaret. Là, quand je me nommai, la bouche de Boutin se fendit en éclat de rire comme un mortier qui crève. Cette gaieté, monsieur, me causa l'un de mes plus vifs chagrins ! Elle me révélait sans fard tous les changements qui étaient survenus en moi ! J'étais donc méconnaissable, même pour l'œil du plus humble et du plus reconnaissant de mes amis ! jadis j'avais sauvé la vie à Boutin, mais c'était une revanche que je lui devais. Je ne vous dirai pas comment il me rendit ce service. La scène eut lieu en Italie, à Ravenne. La maison où Boutin m'empêcha d'être poignardé n'était pas une maison fort décente[1]. À cette époque, je n'étais pas colonel, j'étais simple cavalier, comme Boutin. Heureusement, cette histoire comportait des détails qui ne pouvaient être connus que de nous seuls, et, quand je les lui rappelai, son incrédulité diminua. Puis je lui contai les accidents de ma bizarre existence. Quoique mes yeux, ma voix fussent, me dit-il, singulièrement altérés, que je n'eusse plus ni cheveux, ni dents, ni sourcils, que je fusse blanc comme un albinos, il finit par retrouver son colonel dans le mendiant, après mille interrogations auxquelles je répondis victorieusement. Il me raconta ses aventures, elles n'étaient pas moins extraordinaires que les miennes : il revenait des confins de la Chine, où il avait voulu pénétrer après s'être échappé de la Sibérie. Il m'apprit les désastres de la campagne de Russie et la première abdication de Napoléon. Cette nouvelle est une des choses qui m'ont fait le plus de mal ! Nous étions deux débris curieux, après avoir ainsi roulé sur le globe comme roulent dans l'Océan les cailloux emportés d'un rivage à l'autre, par les tempêtes. À nous deux, nous avions vu l'Égypte, la Syrie, l'Espagne, la Russie, la Hollande, l'Allemagne, l'Italie, la Dalmatie, l'Angleterre, la Chine, la Tartarie, la Sibérie ; il ne nous manquait que d'être allés dans les Indes et en Amérique ! Enfin, plus ingambe que je ne l'étais, Boutin se chargea d'aller à Paris le

1. Il s'agit d'une maison de prostitution.

plus lestement possible afin d'instruire ma femme de
l'état dans lequel je me trouvais. J'écrivis à Mme Chabert une lettre bien détaillée. C'était la quatrième,
monsieur ! Si j'avais eu des parents, tout cela ne serait
peut-être pas arrivé ; mais, il faut vous l'avouer, je suis
un enfant d'hôpital, un soldat qui pour patrimoine
avait son courage, pour famille tout le monde, pour
patrie la France, pour tout protecteur le bon Dieu. Je
me trompe ! j'avais un père, l'empereur ! Ah ! s'il était
debout, le cher homme ! et qu'il vît *son Chabert*,
comme il me nommait, dans l'état où je suis, mais il
se mettrait en colère. Que voulez-vous ! notre soleil s'est
couché, nous avons tous froid maintenant. Après tout,
les événements politiques pouvaient justifier le silence
de ma femme ! Boutin partit. Il était bien heureux, lui !
Il avait deux ours blancs supérieurement dressés qui le
faisaient vivre. Je ne pouvais l'accompagner ; mes douleurs ne me permettaient pas de faire de longues étapes.
Je pleurai, monsieur, quand nous nous séparâmes,
après avoir marché aussi longtemps que mon état put
me le permettre, en compagnie de ses ours et de lui.
À Carlsruhe, j'eus un accès de névralgie à la tête, et
restai six semaines sur la paille dans une auberge ! Je
ne finirais pas, monsieur, s'il fallait vous raconter tous
les malheurs de ma vie de mendiant. Les souffrances
morales, auprès desquelles pâlissent les douleurs physiques, excitent cependant moins de pitié, parce qu'on
ne les voit point. Je me souviens d'avoir pleuré devant
un hôtel de Strasbourg où j'avais donné jadis une fête,
et où je n'obtins rien, pas même un morceau de pain.
Ayant déterminé, de concert avec Boutin, l'itinéraire
que je devais suivre, j'allais à chaque bureau de poste
demander s'il y avait une lettre et de l'argent pour moi.
Je vins jusqu'à Paris sans avoir rien trouvé. Combien
de désespoirs ne m'a-t-il pas fallu dévorer ! ''Boutin
sera mort'', me disais-je. En effet, le pauvre diable avait
succombé à Waterloo. J'appris sa mort plus tard et par
hasard. Sa mission auprès de ma femme fut sans doute
infructueuse. Enfin j'entrai dans Paris, en même temps

que les Cosaques. Pour moi, c'était douleur sur douleur. En voyant les Russes en France, je ne pensais plus que je n'avais ni souliers aux pieds ni argent dans ma poche. Oui, monsieur, mes vêtements étaient en lambeaux. La veille de mon arrivée, je fus forcé de bivouaquer dans les bois de Claye [1]. La fraîcheur de la nuit me causa sans doute un accès de je ne sais quelle maladie, qui me prit quand je traversai le faubourg Saint-Martin. Je tombai presque évanoui à la porte d'un marchand de fer. Quand je me réveillai, j'étais dans un lit de l'Hôtel-Dieu. Là, je restai pendant un mois assez heureux. Je fus bientôt renvoyé ; j'étais sans argent, mais bien portant et sur le bon pavé de Paris. Avec quelle joie et quelle promptitude j'allai rue du Mont-Blanc, où ma femme devait être logée dans un hôtel à moi ! Bah ! la rue du Mont-Blanc était devenue la rue de la Chaussée-d'Antin [2]. Je n'y vis plus mon hôtel, il avait été vendu, démoli. Des spéculateurs avaient bâti plusieurs maisons dans mes jardins. Ignorant que ma femme fût mariée à M. Ferraud, je ne pouvais obtenir aucun renseignement. Enfin je me rendis chez un vieil avocat qui jadis était chargé de mes affaires. Le bonhomme était mort après avoir cédé sa clientèle à un jeune homme. Celui-ci m'apprit, à mon grand étonnement, l'ouverture de ma succession, sa liquidation, le mariage de ma femme et la naissance de ses deux enfants. Quand je lui dis être le colonel Chabert, il se mit à rire si franchement, que je le quittai sans lui faire la moindre observation. Ma détention de Stuttgart me fit songer à Charenton, et je résolus d'agir avec pru-

---

1. Proches de Villeparisis, à l'est de Paris. Maintenant Claye-Souilly.
2. En fait cette rue a connu bien des tribulations onomastiques, liées à l'Histoire : sous l'Ancien Régime, elle se nommait déjà Chaussée-d'Antin. En 1791, elle fut débaptisée au profit de Mirabeau avant de devenir en 1793 rue du Mont-Blanc à cause de la réunion à la France du département du Mont-Blanc. Son nom primitif lui a été restitué en 1816. Elle fut longtemps comme Chabert lui-même, en quête d'identité.

dence. Alors, monsieur, sachant où demeurait ma femme, je m'acheminai vers son hôtel, le cœur plein d'espoir. Eh bien, dit le colonel avec un mouvement de rage concentrée, je n'ai pas été reçu lorsque je me fis annoncer sous un nom d'emprunt, et, le jour où je pris le mien, je fus consigné à sa porte. Pour voir la comtesse rentrant du bal ou du spectacle, au matin, je suis resté pendant des nuits entières collé contre la borne de sa porte cochère. Mon regard plongeait dans cette voiture qui passait devant mes yeux avec la rapidité de l'éclair, et où j'entrevoyais à peine cette femme qui est mienne et qui n'est plus à moi ! Oh ! dès ce jour, j'ai vécu pour la vengeance, s'écria le vieillard d'une voix sourde en se dressant tout à coup devant Derville. Elle sait que j'existe ; elle a reçu de moi, depuis mon retour, deux lettres écrites par moi-même. Elle ne m'aime plus ! Moi, j'ignore si je l'aime ou si je la déteste ! je la désire et la maudis tour à tour. Elle me doit sa fortune, son bonheur ; eh bien, elle ne m'a pas seulement fait parvenir le plus léger secours ! Par moments, je ne sais plus que devenir ! »

À ces mots, le vieux soldat retomba sur sa chaise, et redevint immobile. Derville resta silencieux, occupé à contempler son client.

« L'affaire est grave, dit-il enfin machinalement. Même en admettant l'authenticité des pièces qui doivent se trouver à Heilsberg, il ne m'est pas prouvé que nous puissions triompher tout d'abord. Le procès ira successivement devant trois tribunaux. Il faut réfléchir à tête reposée sur une semblable cause, elle est tout exceptionnelle.

— Oh ! répondit froidement le colonel en relevant la tête par un mouvement de fierté, si je succombe, je saurai mourir, mais en compagnie. »

Là, le vieillard avait disparu. Les yeux de l'homme énergique brillaient rallumés aux feux du désir et de la vengeance.

« Il faudra peut-être transiger, dit l'avoué.

— Transiger ! répéta le colonel Chabert. Suis-je mort ou suis-je vivant ?

— Monsieur, reprit l'avoué, vous suivrez, je l'espère, mes conseils. Votre cause sera ma cause. Vous vous apercevrez bientôt de l'intérêt que je prends à votre situation, presque sans exemple dans les fastes judiciaires. En attendant, je vais vous donner un mot pour mon notaire, qui vous remettra, sur votre quittance, cinquante francs tous les dix jours. Il ne serait pas convenable que vous vinssiez chercher ici des secours. Si vous êtes le colonel Chabert, vous ne devez être à la merci de personne. Je donnerai à ces avances la forme d'un prêt. Vous avez des biens à recouvrer, vous êtes riche. »

Cette dernière délicatesse arracha des larmes au vieillard. Derville se leva brusquement, car il n'était peut-être pas de costume [1] qu'un avoué parût s'émouvoir ; il passa dans son cabinet, d'où il revint avec une lettre non cachetée qu'il remit au comte Chabert. Lorsque le pauvre homme la tint entre ses doigts, il sentit deux pièces d'or à travers le papier.

« Voulez-vous me désigner les actes, me donner le nom de la ville, du royaume ? » dit l'avoué.

Le colonel dicta les renseignements en vérifiant l'orthographe des noms de lieux ; puis il prit son chapeau d'une main, regarda Derville, lui tendit l'autre main, une main calleuse, et lui dit d'une voix simple :

« Ma foi, monsieur, après l'empereur, vous êtes l'homme auquel je devrai le plus ! Vous êtes *un brave*. »

L'avoué frappa dans la main du colonel, le reconduisit jusque sur l'escalier et l'éclaira.

« Boucard, dit Derville à son Maître clerc, je viens d'entendre une histoire qui me coûtera peut-être vingt-cinq louis. Si je suis volé, je ne regretterai pas mon argent, j'aurai vu le plus habile comédien de notre époque. »

1. Il ne s'agit pas d'une erreur mais d'un archaïsme. Le mot est synonyme de coutume.

Quand le colonel se trouva dans la rue et devant un réverbère, il retira de la lettre les deux pièces de vingt francs que l'avoué lui avait données, et les regarda pendant un moment à la lumière. Il revoyait de l'or pour la première fois depuis neuf ans.

« Je vais donc pouvoir fumer des cigares », se dit-il.

Environ trois mois après cette consultation, nuitamment faite par le colonel Chabert chez Derville, le notaire chargé de payer la demi-solde que l'avoué faisait à son singulier client vint le voir pour conférer sur une affaire grave, et commença par lui réclamer six cents francs donnés aux vieux militaire.

« Tu t'amuses donc à entretenir l'ancienne armée ? lui dit en riant ce notaire, nommé Crottat, jeune homme qui venait d'acheter l'étude où il était Maître clerc, et dont le patron avait pris la fuite en faisant une épouvantable faillite.

— Je te remercie, mon cher maître, répondit Derville, de me rappeler cette affaire-là. Ma philanthropie n'ira pas au-delà de vingt-cinq louis, je crains déjà d'avoir été la dupe de mon patriotisme. »

Au moment où Derville achevait sa phrase, il vit sur son bureau les paquets que son Maître clerc y avait mis. Ses yeux furent frappés à l'aspect des timbres oblongs, carrés, triangulaires, rouges, bleus, apposés sur une lettre par les postes prussienne, autrichienne, bavaroise et française.

« Ah ! dit-il en riant, voici le dénoûment de la comédie, nous allons voir si je suis attrapé. »

Il prit la lettre et l'ouvrit, mais il n'y put rien lire, elle était écrite en allemand.

« Boucard, allez vous-même faire traduire cette lettre, et revenez promptement », dit Derville en entrouvrant la porte de son cabinet et tendant la lettre à son Maître clerc.

Le notaire de Berlin auquel s'était adressé l'avoué lui annonçait que les actes dont les expéditions étaient demandées lui parviendraient quelques jours après cette lettre d'avis. Les pièces étaient, disait-il, parfaitement en règle, et revêtues des légalisations nécessaires pour faire foi en justice. En outre, il lui mandait que presque tous les témoins des faits consacrés par les procès-verbaux existaient à Prussich-Eylau ; et que la femme à laquelle M. le comte Chabert devait la vie vivait encore dans un des faubourgs d'Heilsberg.

« Ceci devient sérieux », s'écria Derville quand Boucard eut fini de lui donner la substance de la lettre. « Mais, dis donc, mon petit, reprit-il en s'adressant au notaire, je vais avoir besoin de renseignements qui doivent être en ton étude. N'est-ce pas chez ce vieux fripon de Roguin...

— Nous disons l'infortuné, le malheureux Roguin, reprit maître Alexandre Crottat en riant et interrompant Derville.

— N'est-ce pas chez cet infortuné qui vient d'emporter huit cent mille francs à ses clients, et de réduire plusieurs familles au désespoir, que s'est faite la liquidation de la succession Chabert ? Il me semble que j'ai vu cela dans nos pièces Ferraud.

— Oui, répondit Crottat, j'étais alors troisième clerc, je l'ai copiée et bien étudiée, cette liquidation. Rose Chapotel, épouse et veuve de Hyacinthe, dit Chabert, comte de l'Empire, grand officier de la Légion d'honneur ; ils étaient mariés sans contrat, ils étaient donc communs en biens. Autant que je puis m'en souvenir, l'actif s'élevait à six cent mille francs. Avant son mariage, le comte Chabert avait fait un testament en faveur des hospices de Paris, par lequel il leur attribuait le quart de la fortune qu'il posséderait au moment de son décès, le domaine héritait de l'autre quart. Il y a eu licitation, vente et partage, parce que les avoués sont allés bon train. Lors de la liquidation, le monstre qui gouvernait alors la France [1] a rendu par un décret la portion du fisc à la veuve du colonel.

---

1. Napoléon vu par les ultras.

— Ainsi la fortune personnelle du comte Chabert ne se monterait donc qu'à trois cent mille francs.

— Par conséquent, mon vieux ! répondit Crottat. Vous avez parfois l'esprit juste, vous autres avoués, quoiqu'on vous accuse de vous fausser en plaidant aussi bien le Pour et le Contre. »

Le comte Chabert, dont l'adresse se lisait au bas de la première quittance qu'il avait remise au notaire, demeurait dans le faubourg Saint-Marceau, rue du Petit-Banquier [1], chez un vieux maréchal des logis de la garde impériale, devenu nourrisseur [2] et nommé Vergniaud. Arrivé là, Derville fut forcé d'aller à pied à la recherche de son client ; car son cocher refusa de s'engager dans une rue non pavée et dont les ornières étaient un peu trop profondes pour les roues d'un cabriolet. En regardant de tous les côtés, l'avoué finit par trouver, dans la partie de cette rue qui avoisine le boulevard, entre deux murs bâtis avec des ossements et de la terre, deux mauvais pilastres en moellons, que le passage des voitures avait ébréchés, malgré deux morceaux de bois placés en forme de bornes. Ces pilastres soutenaient une poutre couverte d'un chaperon en tuiles, sur laquelle ces mots étaient écrits en rouge : VERGNIAUD, NOURICEURE. À droite de ce nom se voyaient des œufs, et à gauche une vache, le tout peint en blanc. La porte était ouverte et restait sans doute ainsi pendant toute la journée. Au fond d'une cour assez spacieuse s'élevait, en face de la porte, une maison, si toutefois ce nom convient à l'une de ces masures bâties dans les faubourgs de Paris, et qui ne

1. C'est notre actuelle rue Watteau dans notre actuel treizième arrondissement. À l'époque de Balzac elle reliait comme aujourd'hui la rue du Banquier au boulevard de l'Hôpital mais était située dans le *douzième* et *dernier* arrondissement de Paris, le plus pauvre de tous. (Ce n'est qu'en 1860 que Paris passera de 12 à 20 arrondissements.)
2. Un nourrisseur vendait directement aux clients le lait produit par ses vaches.

sont comparables à rien, pas même aux plus chétives
habitations de la campagne, dont elles ont la misère
sans en avoir la poésie. En effet, au milieu des champs,
les cabanes ont encore une grâce que leur donnent la
pureté de l'air, la verdure, l'aspect des champs, une
colline, un chemin tortueux, des vignes, une haie vive,
la mousse des chaumes, et les ustensiles champêtres ;
mais, à Paris, la misère ne se grandit que par son horreur. Quoique récemment construite, cette maison semblait près de tomber en ruine. Aucun des matériaux n'y
avait eu sa vraie destination, ils provenaient tous des
démolitions qui se font journellement dans Paris. Derville lut sur un volet fait avec les planches d'une ensei-
gne : *Magasin de nouveautés*. Les fenêtres ne se res-
semblaient point entre elles et se trouvaient bizarrement
placées. Le rez-de-chaussée, qui paraissait être la partie habitable, était exhaussé d'un côté, tandis que de
l'autre les chambres étaient enterrées par une éminence.
Entre la porte et la maison s'étendait une mare pleine
de fumier où coulaient les eaux pluviales et ménagè-
res. Le mur sur lequel s'appuyait ce chétif logis, et qui
paraissait être plus solide que les autres, était garni de
cabanes grillagées où de vrais lapins faisaient leurs nombreuses familles. À droite de la porte cochère se trouvait la vacherie surmontée d'un grenier à fourrage, et
qui communiquait à la maison par une laiterie. À gauche étaient une basse-cour, une écurie et un toit à
cochons qui avait été fini, comme celui de la maison,
en mauvaises planches de bois blanc clouées les unes
sur les autres, et mal recouvertes avec du jonc. Comme
presque tous les endroits où se cuisinent les éléments
du grand repas que Paris dévore chaque jour, la cour
dans laquelle Derville mit le pied offrait les traces de
la précipitation voulue par la nécessité d'arriver à heure
fixe. Ces grands vases de fer-blanc bossués dans lesquels se transporte le lait, et les pots qui contiennent
la crème, étaient jetés pêle-mêle devant la laiterie, avec
leurs bouchons de linge. Les loques trouées qui ser-
vaient à les essuyer flottaient au soleil, étendues sur des

ficelles attachées à des piquets. Ce cheval pacifique, dont la race ne se trouve que chez les laitières, avait fait quelques pas en avant de sa charrette et restait devant l'écurie, dont la porte était fermée. Une chèvre broutait le pampre de la vigne grêle et poudreuse qui garnissait le mur jaune et lézardé de la maison. Un chat était accroupi sur les pots à crème et les léchait. Les poules, effarouchées à l'approche de Derville, s'envolèrent en criant, et le chien de garde aboya.

« L'homme qui a décidé le gain de la bataille d'Eylau serait là ! » se dit Derville en saisissant d'un seul coup d'œil l'ensemble de ce spectacle ignoble.

La maison était restée sous la protection de trois gamins. L'un, grimpé sur le faîte d'une charrette chargée de fourrage vert, jetait des pierres dans un tuyau de cheminée de la maison voisine, espérant qu'elles y tomberaient dans la marmite. L'autre essayait d'amener un cochon sur le plancher de la charrette qui touchait à terre, tandis que le troisième, pendu à l'autre bout, attendait que le cochon y fût placé pour l'enlever en faisant faire la bascule à la charrette. Quand Derville leur demanda si c'était bien là que demeurait M. Chabert, aucun ne répondit, et tous trois le regardèrent avec une stupidité spirituelle, s'il est permis d'allier ces deux mots. Derville réitéra ses questions sans succès. Impatienté par l'air narquois des trois drôles, il leur dit de ces injures plaisantes que les jeunes gens se croient le droit d'adresser aux enfants, et les gamins rompirent le silence par un rire brutal. Derville se fâcha. Le colonel, qui l'entendit, sortit d'une petite chambre basse située près de la laiterie et apparut sur le seuil de sa porte avec un flegme militaire inexprimable. Il avait à la bouche une de ces pipes notablement *culottées* (expression technique des fumeurs), une de ces humbles pipes de terre blanche nommées des *brûle-gueules*. Il leva la visière d'une casquette horriblement crasseuse, aperçut Derville et traversa le fumier, pour venir plus promptement à son bienfaiteur, en criant d'une voix amicale aux gamins : « Silence dans les rangs ! » Les enfants gardèrent aussitôt un silence respectueux qui annonçait l'empire exercé sur eux par le vieux soldat.

« Pourquoi ne m'avez-vous pas écrit ? dit-il à Derville. Allez le long de la vacherie ! Tenez, là, le chemin est pavé », s'écria-t-il en remarquant l'indécision de l'avoué, qui ne voulait pas se mouiller les pieds dans le fumier.

En sautant de place en place, Derville arriva sur le seuil de la porte par où le colonel était sorti. Chabert parut désagréablement affecté d'être obligé de le recevoir dans la chambre qu'il occupait. En effet, Derville n'y aperçut qu'une seule chaise. Le lit du colonel consistait en quelques bottes de paille sur lesquelles son hôtesse avait étendu deux ou trois lambeaux de ces vieilles tapisseries, ramassées je ne sais où, qui servent aux laitières à garnir les bancs de leurs charrettes. Le plancher était tout simplement en terre battue. Les murs, salpêtrés, verdâtres et fendus, répandaient une si forte humidité, que le mur contre lequel couchait le colonel était tapissé d'une natte en jonc. Le fameux carrick pendait à un clou. Deux mauvaises paires de bottes gisaient dans un coin. Nul vestige de linge. Sur la table vermoulue, les *Bulletins de la Grande Armée*, réimprimés par Plancher, étaient ouverts et paraissaient être la lecture du colonel, dont la physionomie était calme et sereine au milieu de cette misère. Sa visite chez Derville semblait avoir changé le caractère de ses traits, où l'avoué trouva les traces d'une pensée heureuse, une lueur particulière qu'y avait jetée l'espérance.

« La fumée de la pipe vous incommode-t-elle ? dit-il en tendant à son avoué la chaise à moitié dépaillée.

— Mais, colonel, vous êtes horriblement mal ici ! »

Cette phrase fut arrachée à Derville par la défiance naturelle aux avoués, et par la déplorable expérience que leur donnent de bonne heure les épouvantables drames inconnus auxquels ils assistent.

« Voilà, se dit-il, un homme qui aura certainement employé mon argent à satisfaire les trois vertus théologales du troupier : le jeu, le vin et les femmes ! »

« C'est vrai, monsieur, nous ne brillons pas ici par le luxe. C'est un bivouac tempéré par l'amitié, mais... » (Ici le soldat lança un regard profond à l'homme de loi.) « Mais, je n'ai fait de tort à personne, je n'ai jamais repoussé personne, et je dors tranquille. »

L'avoué songea qu'il y aurait peu de délicatesse à demander compte à son client des sommes qu'il lui avait avancées, et il se contenta de lui dire : « Pourquoi n'avez-vous donc pas voulu venir dans Paris, où vous auriez pu vivre aussi peu chèrement que vous vivez ici, mais où vous auriez été mieux ?

— Mais, répondit le colonel, les braves gens chez lesquels je suis m'avaient recueilli, nourri *gratis* depuis un an ! comment les quitter au moment où j'avais un peu d'argent ? Puis le père de ces trois gamins est un vieux *égyptien*...

— Comment, un égyptien ?

— Nous appelons ainsi les troupiers qui sont revenus de l'expédition d'Égypte, de laquelle j'ai fait partie. Non seulement tous ceux qui en sont revenus sont un peu frères, mais Vergniaud était alors dans mon régiment, nous avions partagé de l'eau dans le désert. Enfin, je n'ai pas encore fini d'apprendre à lire à ses marmots.

— Il aurait bien pu vous mieux loger, pour votre argent, lui.

— Bah ! dit le colonel, ses enfants couchent comme moi sur la paille ! Sa femme et lui n'ont pas un lit meilleur ; ils sont bien pauvres, voyez-vous ! ils ont pris un établissement au-dessus de leurs forces. Mais, si je recouvre ma fortune !... Enfin, suffit !

— Colonel ! je dois recevoir demain ou après vos actes d'Heilsberg. Votre libératrice vit encore !

— Sacré argent ! Dire que je n'en ai pas ! » s'écria-t-il en jetant sa pipe à terre.

Une pipe *culottée* est une pipe précieuse pour un fumeur ; mais ce fut par un geste si naturel, par un mouvement si généreux, que tous les fumeurs et même la Régie lui eussent pardonné ce crime de lèse-tabac.

Les anges auraient peut-être ramassé les morceaux.

« Colonel, votre affaire est excessivement compliquée, lui dit Derville en sortant de la chambre pour s'aller promener au soleil le long de la maison.

— Elle me paraît, dit le soldat, parfaitement simple. On m'a cru mort, me voilà ! Rendez-moi ma femme et ma fortune ; donnez-moi le grade de général auquel j'ai droit, car j'ai passé colonel dans la garde impériale la veille de la bataille d'Eylau.

— Les choses ne vont pas ainsi dans le monde judiciaire, reprit Derville. Écoutez-moi. Vous êtes le comte Chabert, je le veux bien ; mais il s'agit de le prouver judiciairement à des gens qui vont avoir intérêt à nier votre existence. Ainsi, vos actes seront discutés. Cette discussion entraînera dix ou douze questions préliminaires. Toutes iront contradictoirement jusqu'à la cour suprême, et constitueront autant de procès coûteux, qui traîneront en longueur, quelle que soit l'activité que j'y mette. Vos adversaires demanderont une enquête à laquelle nous ne pourrons pas nous refuser, et qui nécessitera peut-être une commission rogatoire en Prusse. Mais supposons tout au mieux : admettons qu'il soit reconnu promptement par la justice que vous êtes le colonel Chabert. Savons-nous comment sera jugée la question soulevée par la bigamie fort innocente de la comtesse Ferraud ? Dans votre cause, le point de droit est en dehors du code, et ne peut être jugé par les juges que suivant les lois de la conscience, comme fait le jury dans les questions délicates que présentent les bizarreries sociales de quelques procès criminels. Or, vous n'avez pas eu d'enfants de votre mariage, et M. le comte Ferraud en a deux du sien, les juges peuvent déclarer nul le mariage où se rencontrent les liens les plus faibles, au profit du mariage qui en comporte de plus forts, du moment qu'il y a eu bonne foi chez les contractants. Serez-vous dans une position morale bien belle, en voulant *mordicus* avoir, à votre âge et dans les circonstances où vous vous trouvez, une femme qui ne vous aime plus ? Vous aurez contre vous votre femme et son mari, deux personnes puissantes qui pourront influencer les tribunaux. Le procès a donc des éléments de durée. Vous aurez le temps de vieillir dans les chagrins les plus cuisants.

— Et ma fortune ?

— Vous vous croyez donc une grande fortune ?

— N'avais-je pas trente mille livres de rente ?

— Mon cher colonel, vous aviez fait, en 1799, avant votre mariage, un testament qui léguait le quart de vos biens aux hospices.

— C'est vrai.

— Eh bien, vous censé mort, n'a-t-il pas fallu procéder à un inventaire, à une liquidation afin de donner ce quart aux hospices ? Votre femme ne s'est pas fait scrupule de tromper les pauvres. L'inventaire, où sans doute elle s'est bien gardée de mentionner l'argent comptant, les pierreries, où elle aura produit peu d'argenterie, et où le mobilier a été estimé à deux tiers au-dessous du prix réel, soit pour la favoriser, soit pour payer moins de droits au fisc, et aussi parce que les commissaires-priseurs sont responsables de leurs estimations, l'inventaire, ainsi fait, a établi six cent mille francs de valeurs. Pour sa part, votre veuve avait droit à la moitié. Tout a été vendu, racheté par elle, elle a bénéficié sur tout, et les hospices ont eu leurs soixante-quinze mille francs. Puis, comme le fisc héritait de vous, attendu que vous n'aviez pas fait mention de votre femme dans votre testament, l'Empereur a rendu par un décret à votre veuve la portion qui revenait au domaine public. Maintenant, à quoi avez-vous droit ? À trois cent mille francs seulement, moins les frais.

— Et vous appelez cela la justice ? dit le colonel ébahi.

— Mais certainement...

— Elle est belle !

— Elle est ainsi, mon pauvre colonel. Vous voyez que ce que vous avez cru facile ne l'est pas. Mme Ferraud peut même vouloir garder la portion qui lui a été donnée par l'Empereur.

— Mais elle n'était pas veuve, le décret est nul...

— D'accord. Mais tout se plaide. Écoutez-moi. Dans ces circonstances, je crois qu'une transaction serait, et pour vous et pour elle, le meilleur dénoûment du procès. Vous y gagneriez une fortune plus considérable que celle à laquelle vous auriez droit.

— Ce serait vendre ma femme ?

— Avec vingt-quatre mille francs de rente, vous aurez, dans la position où vous vous trouvez, des femmes qui vous conviendront mieux que la vôtre, et qui vous rendront plus heureux. Je compte aller voir aujourd'hui même Mᵐᵉ la comtesse Ferraud afin de sonder le terrain ; mais je n'ai pas voulu faire cette démarche sans vous en prévenir.

— Allons ensemble chez elle...

— Fait comme vous êtes ? dit l'avoué. Non, non, colonel, non. Vous pourriez y perdre tout à fait votre procès...

— Mon procès est-il gagnable ?

— Sur tous les chefs, répondit Derville. Mais, mon cher colonel Chabert, vous ne faites pas attention à une chose. Je ne suis pas riche, ma charge n'est pas entièrement payée. Si les tribunaux vous accordent une *provision*, c'est-à-dire une somme à prendre par avance sur votre fortune, ils ne l'accorderont qu'après avoir reconnu vos qualités de comte Chabert, grand-officier de la Légion d'honneur.

— Tiens, je suis grand-officier de la Légion, je n'y pensais plus, dit-il naïvement.

— Eh bien, jusque-là, reprit Derville, ne faut-il pas plaider, payer des avocats, lever et solder les jugements, faire marcher des huissiers, et vivre ? Les frais des instances préparatoires se monteront, à vue de nez, à plus de douze ou quinze mille francs. Je ne les ai pas, moi qui suis écrasé par les intérêts énormes que je paye à celui qui m'a prêté l'argent de ma charge. Et vous ! où les trouverez-vous ? »

De grosses larmes tombèrent des yeux flétris du pauvre soldat et roulèrent sur ses joues ridées. À l'aspect de ces difficultés, il fut découragé. Le monde social et le monde judiciaire lui pesaient sur la poitrine comme un cauchemar.

« J'irai, s'écria-t-il, au pied de la colonne de la place Vendôme, je crierai là : "Je suis le colonel Chabert qui a enfoncé le grand carré des Russes à Eylau !" Le bronze [1], lui ! me reconnaîtra.

— Et l'on vous mettra sans doute à Charenton. »

À ce nom redouté, l'exaltation du militaire tomba.

« N'y aurait-il donc pas pour moi quelques chances favorables au ministère de la guerre ?

— Les bureaux ! dit Derville. Allez-y, mais avec un jugement bien en règle qui déclare nul votre acte de décès. Les bureaux voudraient pouvoir anéantir les gens de l'Empire. »

Le colonel resta pendant un moment interdit, immobile, regardant sans voir, abîmé dans un désespoir sans bornes. La justice militaire est franche, rapide, elle décide à la turque, et juge presque toujours bien ; cette justice était la seule que connût Chabert. En apercevant le dédale de difficultés où il fallait s'engager, en voyant combien il fallait d'argent pour y voyager, le pauvre soldat reçut un coup mortel dans cette puissance particulière à l'homme et que l'on nomme la *volonté*. Il lui parut impossible de vivre en plaidant, il fut pour lui mille fois plus simple de rester pauvre, mendiant, de s'engager comme cavalier si quelque régiment voulait de lui. Ses souffrances physiques et morales lui avaient déjà vicié le corps dans quelques-uns des organes les plus importants. Il touchait à l'une de ces maladies pour lesquelles la médecine n'a pas de nom, dont le siège est en quelque sorte mobile comme l'appareil nerveux qui paraît le plus attaqué parmi tous ceux de notre machine,

---

1. Le « bronze » de la célèbre colonne Vendôme provient des canons pris à l'ennemi. Il entre en littérature en 1830 avec la fameuse « Ode à la colonne » de Victor Hugo (voir *Les Chants du crépuscule*).

affection qu'il faudrait nommer le *spleen*[1] du malheur. Quelque grave que fût déjà ce mal invisible, mais réel, il était encore guérissable par une heureuse conclusion. Pour ébranler tout à fait cette vigoureuse organisation, il suffirait d'un obstacle nouveau, de quelque fait imprévu qui en romprait les ressorts affaiblis et produirait ces hésitations, ces actes incompris, incomplets, que les physiologistes observent chez les êtres ruinés par les chagrins.

En reconnaissant alors les symptômes d'un profond abattement chez son client, Derville lui dit : « Prenez courage, la solution de cette affaire ne peut que vous être favorable. Seulement, examinez si vous pouvez me donner toute votre confiance, et accepter aveuglément le résultat que je croirai le meilleur pour vous.

— Faites comme vous voudrez, dit Chabert.

— Oui, mais vous vous abandonnez à moi comme un homme qui marche à la mort ?

— Ne vais-je pas rester sans état, sans nom ? Est-ce tolérable ?

— Je ne l'entends pas ainsi, dit l'avoué. Nous poursuivrons à l'amiable un jugement pour annuler votre acte de décès et votre mariage, afin que vous repreniez vos droits. Vous serez même, par l'influence du comte Ferraud, porté sur les cadres de l'armée comme général, et vous obtiendrez sans doute une pension.

— Allez donc ! répondit Chabert, je me fie entièrement à vous.

— Je vous enverrai une procuration à signer, dit Derville. Adieu, bon courage ! S'il vous faut de l'argent, comptez sur moi. »

Chabert serra chaleureusement la main de Derville, et resta le dos appuyé contre la muraille, sans avoir la force de le suivre autrement que des yeux. Comme tous les gens qui comprennent peu les affaires judiciaires,

---

1. Le mot désigne ici une sorte de dépression nerveuse (plusieurs poèmes des *Fleurs du mal* de Baudelaire porteront ce titre).

il s'effrayait de cette lutte imprévue. Pendant cette conférence, à plusieurs reprises, il s'était avancé, hors d'un pilastre de la porte cochère, la figure d'un homme posté dans la rue pour guetter la sortie de Derville, et qui l'accosta quand il sortit. C'était un vieux homme vêtu d'une veste bleue, d'une cotte blanche plissée semblable à celle des brasseurs, et qui portait sur la tête une casquette de loutre. Sa figure était brune, creusée, ridée, mais rougie sur les pommettes par l'excès du travail et hâlée par le grand air.

« Excusez, monsieur, dit-il à Derville en l'arrêtant par le bras, si je prends la liberté de vous parler, mais je me suis douté, en vous voyant, que vous étiez l'ami de notre général.

— Eh bien, dit Derville, en quoi vous intéressez-vous à lui ? Mais qui êtes-vous ? reprit le défiant avoué.

— Je suis Louis Vergniaud, répondit-il d'abord. Et j'aurais deux mots à vous dire.

— Et c'est vous qui avez logé le comte Chabert comme il l'est ?

— Pardon, excuse, monsieur, il a la plus belle chambre. Je lui aurais donné la mienne, si je n'en avais qu'une. J'aurais couché dans l'écurie. Un homme qui a souffert comme lui, qui apprend à lire à mes *mioches*, un général, un égyptien, le premier lieutenant sous lequel j'ai servi... faudrait voir ? Du tout, il est le mieux logé. J'ai partagé avec lui ce que j'avais. Malheureusement, ce n'était pas grand'chose, du pain, du lait, des œufs ; enfin à la guerre comme à la guerre ! C'est de bon cœur. Mais il nous a vexés.

— Lui ?

— Oui, monsieur, vexés, là, ce qui s'appelle en plein. J'ai pris un établissement au-dessus de mes forces, il le voyait bien. Ça vous le contrariait et il pansait le cheval ! Je lui dis : "Mais, mon général ! — Bah ! qu'i dit, je ne veux pas être comme un fainéant, et il y a longtemps que je sais brosser le lapin." J'avais donc fait des billets pour le prix de ma vacherie à un nommé Grados... Le connaissez-vous, monsieur ?

— Mais, mon cher, je n'ai pas le temps de vous écouter. Seulement, dites-moi comment le colonel vous a vexés !

— Il nous a vexés, monsieur, aussi vrai que je m'appelle Louis Vergniaud et que ma femme en a pleuré. Il a su par les voisins que nous n'avions pas le premier sou de notre billet. Le vieux grognard, sans rien dire, a amassé tout ce que vous lui donniez, a guetté le billet et l'a payé. C'te malice ! Que ma femme et moi, nous savions qu'il n'avait pas de tabac, ce pauvre vieux, et qu'il s'en passait ! Oh ! maintenant, tous les matins, il a ses cigares ! je me vendrais plutôt... Non ! nous sommes vexés. Donc, je voudrais vous proposer de nous prêter, vu qu'il nous a dit que vous étiez un brave homme, une centaine d'écus sur notre établissement, afin que nous lui fassions faire des habits, que nous lui meublions sa chambre. Il a cru nous acquitter, pas vrai ? Eh bien, au contraire, voyez-vous, l'ancien nous a endettés... et vexés ! Il ne devait pas nous faire cette avanie-là. Il nous a vexés ! et des amis, encore ? Foi d'honnête homme, aussi vrai que je m'appelle Louis Vergniaud, je m'engagerais plutôt que de ne pas vous rendre cet argent-là... »

Derville regarda le nourrisseur, et fit quelques pas en arrière pour revoir la maison, la cour, les fumiers, l'étable, les lapins, les enfants.

« Par ma foi, je crois qu'un des caractères de la vertu est de ne pas être propriétaire, se dit-il. — Va, tu auras tes cent écus ! et plus même. Mais ce n'est pas moi qui te les donnerai, le colonel sera bien assez riche pour t'aider, et je ne veux pas lui en ôter le plaisir.

— Ce sera-t-il bientôt ?

— Mais oui.

— Ah ! mon Dieu, que mon épouse va-t-être contente ! »

Et la figure tannée du nourrisseur sembla s'épanouir.

« Maintenant, se dit Derville en remontant dans son cabriolet, allons chez notre adversaire. Ne laissons pas voir notre jeu, tâchons de connaître le sien, et gagnons la partie d'un seul coup. Il faudrait l'effrayer ? Elle est femme. De quoi s'effrayent le plus les femmes ? Mais les femmes ne s'effrayent que de... »

Il se mit à étudier la position de la comtesse, et tomba dans une de ces méditations auxquelles se livrent les grands politiques en concevant leurs plans, en tâchant de deviner le secret des cabinets ennemis. Les avoués ne sont-ils pas en quelque sorte des hommes d'État chargés des affaires privées ? Un coup d'œil jeté sur la situation de M. le comte Ferraud et de sa femme est ici nécessaire pour faire comprendre le génie de l'avoué.

M. le comte Ferraud était le fils d'un ancien conseiller au parlement de Paris, qui avait émigré pendant le temps de la Terreur, et qui, s'il sauva sa tête, perdit sa fortune. Il rentra sous le Consulat et resta constamment fidèle aux intérêts de Louis XVIII, dans les entours duquel était son père avant la Révolution. Il appartenait donc à cette partie du faubourg Saint-Germain qui résista noblement aux séductions de Napoléon. La réputation de capacité que se fit le jeune comte, alors simplement appelé M. Ferraud, le rendit l'objet des coquetteries de l'Empereur, qui souvent était aussi heureux de ses conquêtes sur l'aristocratie que du gain d'une bataille. On promit au comte la restitution de son titre, celle de ses biens non vendus, on lui montra dans le lointain un ministère, une sénatorerie. L'Empereur échoua. M. Ferraud était, lors de la mort du comte Chabert, un jeune homme de vingt-six ans, sans fortune, doué de formes agréables, qui avait des succès et que le faubourg Saint-Germain avait adopté comme une de ses gloires ; mais Mme la comtesse Chabert avait su tirer un si bon parti de la succession de son mari, qu'après dix-huit mois de veuvage elle possédait environ quarante mille livres de rente. Son mariage avec le jeune comte ne fut pas accepté comme une nouvelle, par les coteries du faubourg Saint-Germain. Heureux de ce mariage qui répondait à ses idées de fusion, Napoléon rendit à Mme Chabert la portion dont héritait le fisc dans la succession du colo-

Voir *Au fil du texte*, p. X.

nel ; mais l'espérance de Napoléon fut encore trompée. Mme Ferraud n'aimait pas seulement son amant
dans le jeune homme, elle avait été séduite aussi par
l'idée d'entrer dans cette société dédaigneuse qui, malgré son abaissement, dominait la cour impériale. Toutes
ses vanités étaient flattées autant que ses passions dans
ce mariage. Elle allait devenir *une femme comme il
faut*. Quand le faubourg Saint-Germain sut que le
mariage du jeune comte n'était pas une défection, les
salons s'ouvrirent à sa femme. La Restauration vint.
La fortune politique du comte Ferraud ne fut pas
rapide. Il comprenait les exigences de la position dans
laquelle se trouvait Louis XVIII, il était du nombre des
initiés qui attendaient que *l'abîme des révolutions fût
fermé*, car cette phrase royale, dont se moquèrent tant
les libéraux, cachait un sens politique. Néanmoins,
l'ordonnance citée dans la longue phrase cléricale qui
commence cette histoire lui avait rendu deux forêts et
une terre dont la valeur avait considérablement aug-
menté pendant le séquestre. En ce moment, quoique
le comte Ferraud fût conseiller d'État, directeur général, il ne considérait sa position que comme le début
de sa fortune politique. Préoccupé par les soins d'une
ambition dévorante, il s'était attaché comme secrétaire
un ancien avoué ruiné nommé Delbecq, homme plus
qu'habile, qui connaissait admirablement les ressources de la chicane, et auquel il laissait la conduite de ses
affaires privées. Le rusé praticien avait assez bien compris sa position chez le comte, pour y être probe par
spéculation. Il espérait parvenir à quelque place par le
crédit de son patron, dont la fortune était l'objet de
tous ses soins. Sa conduite démentait tellement sa vie
antérieure, qu'il passait pour un homme calomnié.
Avec le tact et la finesse dont sont plus ou moins douées
toutes les femmes, la comtesse, qui avait deviné son
intendant, le surveillait adroitement, et savait si bien
le manier, qu'elle en avait déjà tiré un très bon parti
pour l'augmentation de sa fortune particulière. Elle
avait su persuader à Delbecq qu'elle gouvernait M. Fer-

raud, et lui avait promis de le faire nommer président
d'un tribunal de première instance dans l'une des plus
importantes villes de France s'il se dévouait entièrement
à ses intérêts. La promesse d'une place inamovible qui
lui permettrait de se marier avantageusement, et de
conquérir plus tard une haute position dans la carrière
politique en devenant député, fit de Delbecq l'âme
damnée de la comtesse. Il ne lui avait laissé manquer
aucune des chances favorables que les mouvements de
Bourse et la hausse des propriétés présentèrent dans
Paris aux gens habiles pendant les trois premières
années de la Restauration. Il avait triplé les capitaux
de sa protectrice avec d'autant plus de facilité, que tous
les moyens avaient paru bons à la comtesse afin de
rendre promptement sa fortune énorme. Elle employait
les émoluments des places occupées par le comte aux
dépenses de la maison, afin de pouvoir capitaliser ses
revenus, et Delbecq se prêtait aux calculs de cette ava-
rice sans chercher à s'en expliquer les motifs. Ces sortes
de gens ne s'inquiètent que des secrets dont la décou-
verte est nécessaire à leurs intérêts. D'ailleurs, il en trouvait si naturellement la raison dans cette soif d'or dont
sont atteintes la plupart des Parisiennes, et il fallait une
si grande fortune pour appuyer les prétentions du comte
Ferraud, que l'intendant croyait parfois entrevoir dans
l'avidité de la comtesse un effet de son dévouement
pour l'homme de qui elle était toujours éprise. La
comtesse avait enseveli les secrets de sa conduite au
fond de son cœur. Là étaient des secrets de vie et de
mort pour elle, là était précisément le nœud de cette
histoire. Au commencement de l'année 1818, la Restauration fut assise sur des bases en apparence inébran-
lables, ses doctrines gouvernementales, comprises par
les esprits élevés, leur parurent devoir amener pour la
France une ère de prospérité nouvelle, alors la société
parisienne changea de face. Mme la comtesse Ferraud
se trouva par hasard avoir fait tout ensemble un
mariage d'amour, de fortune et d'ambition. Encore
jeune et belle, Mme Ferraud joua le rôle d'une femme

à la mode, et vécut dans l'atmosphère de la cour. Riche par elle-même, riche par son mari, qui, prôné comme un des hommes les plus capables du parti royaliste et l'ami du Roi, semblait promis à quelque ministère, elle appartenait à l'aristocratie, elle en partageait la splendeur. Au milieu de ce triomphe, elle fut atteinte d'un cancer moral. Il est de ces sentiments que les femmes devinent malgré le soin que les hommes mettent à les enfouir. Au premier retour du Roi, le comte Ferraud avait conçu quelques regrets de son mariage. La veuve du colonel Chabert ne l'avait allié à personne, il était seul et sans appui pour se diriger dans une carrière pleine d'écueils et pleine d'ennemis. Puis, peut-être, quand il avait pu juger froidement sa femme, avait-il reconnu chez elle quelques vices d'éducation qui la rendaient impropre à le seconder dans ses projets. Un mot dit par lui à propos du mariage de Talleyrand [1] éclaira la comtesse, à laquelle il fut prouvé que, si son mariage était à faire, jamais elle n'eût été Mme Ferraud. Çe regret, quelle femme le pardonnerait ? Ne contient-il pas toutes les injures, tous les crimes, toutes les répudiations en germe ? Mais quelle plaie ne devait pas faire ce mot dans le cœur de la comtesse, si l'on vient à supposer qu'elle craignait de voir revenir son premier mari ! Elle l'avait su vivant, elle l'avait repoussé. Puis, pendant le temps où elle n'en avait plus entendu parler, elle s'était plu à le croire mort à Waterloo avec les aigles impériales, en compagnie de Boutin. Néanmoins, elle résolut d'attacher le comte à elle par le plus fort des liens, par la chaîne d'or, et voulut être si riche, que sa fortune rendît son second mariage indissoluble, si par hasard le comte Chabert reparaissait encore. Et il avait reparu, sans qu'elle s'expliquât pourquoi la lutte qu'elle redoutait n'avait pas déjà commencé. Les souf-

---

1. Talleyrand avait épousé sa maîtresse en 1802 sur ordre de Bonaparte et s'en était séparé en 1815, d'où l'inquiétude de la comtesse Ferraud dont le mariage répondait en son temps « aux idées de fusion » de Napoléon. Temps révolu sous la Restauration.

frances, la maladie, l'avaient peut-être délivrée de cet homme. Peut-être était-il à moitié fou, Charenton pouvait encore lui en faire raison. Elle n'avait pas voulu mettre Delbecq ni la police dans sa confidence, de peur de se donner un maître, ou de précipiter la catastrophe. Il existe à Paris beaucoup de femmes qui, semblables à la comtesse Ferraud, vivent avec un monstre moral inconnu, ou côtoient un abîme ; elles se font un calus [1] à l'endroit de leur mal, et peuvent encore rire et s'amuser.

« Il y a quelque chose de bien singulier dans la situation de M. le comte Ferraud, se dit Derville en sortant de sa longue rêverie, au moment où son cabriolet s'arrêtait rue de Varennes, à la porte de l'hôtel Ferraud. Comment, lui si riche, aimé du Roi, n'est-il pas encore pair de France ? Il est vrai qu'il entre peut-être dans la politique du Roi, comme me le disait Mme de Grandlieu, de donner une haute importance à la pairie en ne la prodiguant pas. D'ailleurs, le fils d'un conseiller au parlement n'est ni un Crillon, ni un Rohan. Le comte Ferraud ne peut entrer que subrepticement dans la Chambre haute. Mais, si son mariage était cassé, ne pourrait-il faire passer sur sa tête, à la grande satisfaction du Roi, la pairie d'un de ces vieux sénateurs qui n'ont que des filles ? Voilà certes une bonne bourde à mettre en avant pour effrayer notre comtesse », se dit-il en montant le perron.

Derville avait, sans le savoir, mis le doigt sur la plaie secrète, enfoncé la main dans le cancer qui dévorait Mme Ferraud. Il fut reçu par elle dans une jolie salle à manger d'hiver, où elle déjeunait en jouant avec un singe attaché par une chaîne à une espèce de petit poteau garni de bâtons en fer. La comtesse était enveloppée dans un élégant peignoir, les boucles de ses cheveux, négligemment rattachés, s'échappaient d'un bonnet qui lui donnait un air mutin. Elle était fraîche

1. Une sorte de durillon protecteur.

et rieuse. L'argent, le vermeil, la nacre, étincelaient sur la table, et il y avait autour d'elle des fleurs curieuses plantées dans de magnifiques vases en porcelaine. En voyant la femme du comte Chabert, riche de ses dépouilles, au sein du luxe, au faîte de la société, tandis que le malheureux vivait chez un pauvre nourrisseur au milieu des bestiaux, l'avoué se dit : « La morale de ceci est qu'une jolie femme ne voudra jamais reconnaître son mari, ni même son amant [1], dans un homme en vieux carrick, en perruque de chiendent et en bottes percées. » Un sourire malicieux et mordant exprima les idées moitié philosophiques, moitié railleuses qui devaient venir à un homme si bien placé pour connaître le fond des choses, malgré les mensonges sous lesquels la plupart des familles parisiennes cachent leur existence.

« Bonjour, monsieur Derville, dit-elle en continuant à faire prendre du café au singe.

— Madame, dit-il brusquement, car il se choqua du ton léger avec lequel la comtesse lui avait dit : "Bonjour, monsieur Derville", je viens causer avec vous d'une affaire assez grave.

— J'en suis *désespérée*, M. le comte est absent...

— J'en suis enchanté, moi, madame. Il serait *désespérant* qu'il assistât à notre conférence. Je sais d'ailleurs, par Delbecq, que vous aimez à faire vos affaires vous-même sans en ennuyer M. le comte.

— Alors, je vais faire appeler Delbecq, dit-elle.

— Il vous serait inutile, malgré son habileté, reprit Derville. Écoutez, madame, un mot suffira pour vous rendre sérieuse. Le comte Chabert existe.

— Est-ce en disant de semblables bouffonneries que vous voulez me rendre sérieuse ? » dit-elle en partant d'un éclat de rire.

Mais la comtesse fut tout à coup domptée par l'étrange

---

1. Dans l'ancienne acception du terme : un homme épris d'elle.

lucidité du regard fixe par lequel Derville l'interrogeait en paraissant lire au fond de son âme.

« Madame, répondit-il avec une gravité froide et perçante, vous ignorez l'étendue des dangers qui vous menacent. Je ne vous parlerai pas de l'incontestable authenticité des pièces, ni de la certitude des preuves qui attestent l'existence du comte Chabert. Je ne suis pas homme à me charger d'une mauvaise cause, vous le savez. Si vous vous opposez à notre inscription en faux contre l'acte de décès, vous perdrez ce premier procès, et cette question résolue en notre faveur nous fait gagner toutes les autres.

— De quoi prétendez-vous donc me parler ?

— Ni du colonel, ni de vous. Je ne vous parlerai pas non plus des mémoires que pourraient faire des avocats spirituels, armés des faits curieux de cette cause, et du parti qu'ils tireraient des lettres que vous avez reçues de votre premier mari avant la célébration de votre mariage avec votre second.

— Cela est faux ! dit-elle avec toute la violence d'une petite-maîtresse. Je n'ai jamais reçu de lettres du comte Chabert ; et, si quelqu'un dit être le colonel, ce n'est qu'un intrigant, quelque forçat libéré, comme Coignard [1] peut-être. Le frisson prend rien que d'y penser. Le colonel peut-il ressusciter, monsieur ? Bonaparte m'a fait complimenter sur sa mort par un aide de camp, et je touche encore aujourd'hui trois mille francs de pension accordée à sa veuve par les Chambres. J'ai eu mille fois raison de repousser tous les Chabert qui sont venus, comme je repousserai tous ceux qui viendront.

— Heureusement, nous sommes seuls, madame. Nous

1. Bagnard célèbre après avoir été un fameux aventurier sous le nom de comte de Sainte-Hélène. Usant de faux papiers, il fit une honorable carrière tout en étant, parallèlement, chef de bande. Reconnu par un ancien compagnon du bagne dont il s'était évadé en 1805, il fut arrêté sous la Restauration et condamné à perpétuité. Il mourut au bagne de Brest en 1831.

pouvons mentir à notre aise », dit-il froidement en s'amusant à aiguillonner la colère qui agitait la comtesse afin de lui arracher quelques indiscrétions, par une manœuvre familière aux avoués, habitués à rester calmes quand leurs adversaires ou leurs clients s'emportent. « Eh bien donc, à nous deux », se dit-il à lui-même en imaginant à l'instant un piège pour lui démontrer sa faiblesse. « La preuve de la remise de la première lettre existe, madame, reprit-il à haute voix, elle contenait des valeurs...

— Oh ! pour des valeurs, elle n'en contenait pas.

— Vous avez donc reçu cette première lettre, reprit Derville en souriant. Vous êtes déjà prise dans le premier piège que vous tend un avoué, et vous croyez pouvoir lutter avec la justice... »

La comtesse rougit, pâlit, se cacha la figure dans les mains. Puis elle secoua sa honte, et reprit avec le sang-froid naturel à ces sortes de femmes : « Puisque vous êtes l'avoué du prétendu Chabert, faites-moi le plaisir de...

— Madame, dit Derville en l'interrompant, je suis encore en ce moment votre avoué comme celui du colonel. Croyez-vous que je veuille perdre une clientèle aussi précieuse que l'est la vôtre ? Mais vous ne m'écoutez pas...

— Parlez, monsieur, dit-elle gracieusement.

— Votre fortune vous venait de M. le comte Chabert, et vous l'avez repoussé. Votre fortune est colossale, et vous le laissez mendier. Madame, les avocats sont bien éloquents lorsque les causes sont éloquentes par elles-mêmes, il se rencontre ici des circonstances capables de soulever contre vous l'opinion publique.

— Mais, monsieur, dit la comtesse impatientée de la manière dont Derville la tournait et retournait sur le gril, en admettant que votre M. Chabert existe, les tribunaux maintiendront mon second mariage à cause des enfants, et j'en serai quitte pour rendre deux cent vingt-cinq mille francs à M. Chabert.

— Madame, nous ne savons pas de quel côté les tribunaux verront la question sentimentale. Si, d'une part, nous avons une mère et ses enfants, nous avons de l'autre un homme accablé de malheurs, vieilli par vous, par vos refus. Où trouvera-t-il une femme ? Puis les juges peuvent-ils heurter la loi ? Votre mariage avec le colonel a pour lui le droit, la priorité. Mais, si vous êtes représentée sous d'odieuses couleurs, vous pourriez avoir un adversaire auquel vous ne vous attendez pas. Là, madame, est ce danger dont je voudrais vous préserver.

— Un nouvel adversaire, dit-elle ; qui ?

— M. le comte Ferraud, madame.

— M. Ferraud a pour moi un trop vif attachement, et, pour la mère de ses enfants, un trop grand respect...

— Ne parlez pas de ces niaiseries-là, dit Derville en l'interrompant, à des avoués habitués à lire au fond des cœurs. En ce moment, M. Ferraud n'a pas la moindre envie de rompre votre mariage et je suis persuadé qu'il vous adore ; mais, si quelqu'un venait lui dire que son mariage peut être annulé, que sa femme sera traduite en criminelle au banc de l'opinion publique...

— Il me défendrait, monsieur.

— Non, madame.

— Quelle raison aurait-il de m'abandonner, monsieur ?

— Mais celle d'épouser la fille unique d'un pair de France, dont la pairie lui serait transmise par ordonnance du Roi... »

La comtesse pâlit.

« Nous y sommes ! se dit en lui-même Derville. Bien, je te tiens, l'affaire du pauvre colonel est gagnée. »

« D'ailleurs, madame, reprit-il à haute voix, il aurait d'autant moins de remords, qu'un homme couvert de gloire, général, comte, grand-officier de la Légion d'honneur, ne serait pas un pis-aller ; et, si cet homme lui redemande sa femme...

— Assez ! assez, monsieur ! dit-elle. Je n'aurai jamais que vous pour avoué. Que faire ?

— Transiger ! dit Derville.

— M'aime-t-il encore ? dit-elle.

— Mais je ne crois pas qu'il puisse en être autrement. »

À ce mot, la comtesse dressa la tête. Un éclair d'espérance brilla dans ses yeux ; elle comptait peut-être spéculer sur la tendresse de son premier mari pour gagner son procès par quelque ruse de femme.

« J'attendrai vos ordres, madame, pour savoir s'il faut vous signifier nos actes, ou si vous voulez venir chez moi pour arrêter les bases d'une transaction », dit Derville en saluant la comtesse.

Huit jours après les deux visites que Derville avait faites, et par une belle matinée du mois de juin, les époux, désunis par un hasard presque surnaturel, partirent des deux points les plus opposés de Paris pour venir se rencontrer dans l'étude de leur avoué commun.

Les avances qui furent largement faites par Derville au colonel Chabert lui avaient permis d'être vêtu selon son rang. Le défunt arriva donc voituré dans un cabriolet fort propre. Il avait la tête couverte d'une perruque appropriée à sa physionomie, il était habillé de drap bleu, avait du linge blanc, et portait sous son gilet le sautoir rouge des grands-officiers de la Légion d'honneur. En reprenant les habitudes de l'aisance, il avait retrouvé son ancienne élégance martiale. Il se tenait droit. Sa figure, grave et mystérieuse, où se peignaient le bonheur et toutes ses espérances, paraissait être rajeunie et plus grasse, pour emprunter à la peinture une de ses expressions les plus pittoresques. Il ne ressemblait pas plus au Chabert en vieux carrick, qu'un gros sou ne ressemble à une pièce de quarante francs nouvellement frappée. À le voir, les passants eussent facilement reconnu en lui l'un de ces beaux débris de notre ancienne armée, un de ces hommes héroïques sur lesquels se reflète notre gloire nationale, et qui la représentent, comme un éclat de glace illuminé par le soleil semble en réfléchir tous les rayons. Ces vieux soldats sont tout ensemble des tableaux et des livres. Quand le comte descendit de sa voiture pour monter chez

Derville, il sauta légèrement comme aurait pu faire un jeune homme. À peine son cabriolet avait-il retourné, qu'un joli coupé tout armorié arriva. Mme la comtesse Ferraud en sortit dans une toilette simple, mais habilement calculée pour montrer la jeunesse de sa taille. Elle avait une jolie capote doublée de rose qui encadrait parfaitement sa figure, en dissimulait les contours, et la ravivait. Si les clients s'étaient rajeunis, l'étude était restée semblable à elle-même, et offrait alors le tableau par la description duquel cette histoire a commencé. Simonnin déjeunait, l'épaule appuyée sur la fenêtre, qui alors était ouverte ; et il regardait le bleu du ciel par l'ouverture de cette cour entourée de quatre corps de logis noirs.

« Ha ! s'écria le petit clerc, qui veut parier un spectacle que le colonel Chabert est général et cordon rouge ?

— Le patron est un fameux sorcier ! dit Godeschal.

— Il n'y a donc pas de tour à lui jouer, cette fois ? demanda Desroches.

— C'est sa femme qui s'en charge, la comtesse Ferraud ! dit Boucard.

— Allons, dit Godeschal, la comtesse Ferraud serait donc obligée d'être à deux ?...

— La voilà ! » dit Simonnin.

En ce moment, le colonel entra et demanda Derville.

« Il y est, monsieur le comte, répondit Simonnin.

— Tu n'es donc pas sourd, petit drôle ? » dit Chabert en prenant le saute-ruisseau par l'oreille et la lui tortillant à la satisfaction des clercs, qui se mirent à rire et regardèrent le colonel avec la curieuse considération due à ce singulier personnage.

Le comte Chabert était chez Derville, au moment où sa femme entra par la porte de l'étude.

« Dites donc, Boucard, il va se passer une singulière scène dans le cabinet du patron ! Voilà une femme qui peut aller les jours pairs chez le comte Ferraud et les jours impairs chez le comte Chabert.

— Dans les années bissextiles, dit Godeschal, le compte y sera.

— Taisez-vous donc, messieurs ! l'on peut entendre, dit sévèrement Boucard ; je n'ai jamais vu d'étude où l'on plaisantât, comme vous le faites, sur les clients. »

Derville avait consigné le colonel dans la chambre à coucher, quand la comtesse se présenta.

« Madame, lui dit-il, ne sachant pas s'il vous serait agréable de voir M. le comte Chabert, je vous ai séparés. Si cependant vous désiriez...

— Monsieur, c'est une attention dont je vous remercie.

— J'ai préparé la minute d'un acte dont les conditions pourront être discutées par vous et par M. Chabert, séance tenante. J'irai alternativement de vous à lui, pour vous présenter, à l'un et à l'autre, vos raisons respectives.

— Voyons, monsieur », dit la comtesse en laissant échapper un geste d'impatience.

Derville lut :

« Entre les soussignés,

« M. Hyacinthe, *dit Chabert*, comte, maréchal de camp et grand officier de la Légion d'honneur, demeurant à Paris, rue du Petit-Banquier, d'une part ;

« Et la dame Rose Chapotel, épouse de M. le comte Chabert, ci-dessus nommé, née... »

— Passez, dit-elle, laissons les préambules, arrivons aux conditions.

— Madame, dit l'avoué, le préambule explique succinctement la position dans laquelle vous vous trouvez l'un et l'autre. Puis, par l'article premier, vous reconnaissez, en présence de trois témoins, qui sont deux notaires et le nourrisseur chez lequel a demeuré votre mari, auxquels j'ai confié sous le secret votre affaire, et qui garderont le plus profond silence ; vous reconnaissez, dis-je, que l'individu désigné dans les actes joints au sous-seing, mais dont l'état se trouve d'ailleurs établi par un acte de notoriété préparé chez Alexandre Crottat, votre notaire, est le comte Chabert, votre premier époux. Par l'article second, le comte

Chabert, dans l'intérêt de votre bonheur, s'engage à
ne faire usage de ses droits que dans les cas prévus par
l'acte lui-même. — Et ces cas, dit Derville en faisant
une sorte de parenthèse, ne sont autres que la non-
exécution des clauses de cette convention secrète. —
De son côté, reprit-il, M. Chabert consent à poursuivre de gré à gré avec vous un jugement qui annulera
son acte de décès et prononcera la dissolution de son
mariage.

— Ça ne me convient pas du tout, dit la comtesse
étonnée, je ne veux pas de procès. Vous savez pourquoi.

— Par l'article trois, dit l'avoué en continuant avec
un flegme imperturbable, vous vous engagez à consti-
tuer au nom d'Hyacinthe, comte Chabert, une rente
viagère de vingt-quatre mille francs, inscrite sur le
grand-livre de la dette publique, mais dont le capital
vous sera dévolu à sa mort...

— Mais c'est beaucoup trop cher ! dit la comtesse.

— Pouvez-vous transiger à meilleur marché ?

— Peut-être.

— Que voulez-vous donc, madame ?

— Je veux... je ne veux pas de procès, je veux...

— Qu'il reste mort ? dit vivement Derville en l'interrompant.

— Monsieur, dit la comtesse, s'il faut vingt-quatre
mille livres de rente, nous plaiderons...

— Oui, nous plaiderons », s'écria d'une voix sourde
le colonel, qui ouvrit la porte et apparut tout à coup
devant sa femme, en tenant une main dans son gilet
et l'autre étendue vers le parquet, geste auquel le souvenir de son aventure donnait une horrible énergie.

« C'est lui, se dit en elle-même la comtesse. »

« Trop cher ! reprit le vieux soldat. Je vous ai donné
près d'un million, et vous marchandez mon malheur.
Hé bien, je vous veux maintenant, vous et votre fortune. Nous sommes communs en biens, notre mariage
n'a pas cessé...

— Mais monsieur n'est pas le colonel Chabert, s'écria la comtesse en feignant la surprise.

— Ah ! dit le vieillard d'un ton profondément ironique, voulez-vous des preuves ? Je vous ai prise au Palais-Royal... »

La comtesse pâlit. En la voyant pâlir sous son rouge, le vieux soldat, touché de la vive souffrance qu'il imposait à une femme jadis aimée avec ardeur, s'arrêta ; mais il en reçut un regard si venimeux, qu'il reprit tout à coup : « Vous étiez chez la...

— De grâce, monsieur, dit la comtesse à l'avoué, trouvez bon que je quitte la place. Je ne suis pas venue ici pour entendre de semblables horreurs. »

Elle se leva et sortit. Derville s'élança dans l'étude. La comtesse avait trouvé des ailes et s'était comme envolée. En revenant dans son cabinet, l'avoué trouva le colonel dans un violent accès de rage et se promenant à grands pas.

« Dans ce temps-là, chacun prenait sa femme où il voulait, disait-il ; mais j'ai eu tort de la mal choisir, de me fier à des apparences. Elle n'a pas de cœur.

— Eh bien, colonel, n'avais-je pas raison en vous priant de ne pas venir ? Je suis maintenant certain de votre identité. Quand vous vous êtes montré, la comtesse a fait un mouvement dont la pensée n'était pas équivoque. Mais vous avez perdu votre procès, votre femme sait que vous êtes méconnaissable !

— Je la tuerai...

— Folie ! vous serez pris et guillotiné comme un misérable. D'ailleurs, peut-être manquerez-vous votre coup ! ce serait impardonnable, on ne doit jamais manquer sa femme quand on veut la tuer. Laissez-moi réparer vos sottises, grand enfant ! Allez-vous-en. Prenez garde à vous, elle serait capable de vous faire tomber dans quelque piège et de vous enfermer à Charenton. Je vais lui signifier nos actes afin de vous garantir de toute surprise. »

Le pauvre colonel obéit à son jeune bienfaiteur, et sortit en lui balbutiant des excuses. Il descendait lente-

Voir *Au fil du texte*, p. X.

ment les marches de l'escalier noir, perdu dans de sombres pensées, accablé peut-être par le coup qu'il venait de recevoir, pour lui le plus cruel, le plus profondément enfoncé dans son cœur, lorsqu'il entendit, en parvenant au dernier palier, le frôlement d'une robe, et sa femme apparut.

« Venez, monsieur », lui dit-elle en lui prenant le bras par un mouvement semblable à ceux qui lui étaient familiers autrefois.

L'action de la comtesse, l'accent de sa voix redevenue gracieuse, suffirent pour calmer la colère du colonel, qui se laissa mener jusqu'à la voiture.

« Eh bien ! montez donc ! » lui dit la comtesse quand le valet eut achevé de déplier le marchepied.

Et il se trouva, comme par enchantement, assis près de sa femme dans le coupé.

« Où va madame ? demanda le valet.

— À Groslay », dit-elle.

Les chevaux partirent et traversèrent tout Paris.

« Monsieur !... », dit la comtesse au colonel d'un son de voix qui révélait une de ces émotions rares dans la vie, et par lesquelles tout en nous est agité. En ces moments, cœur, fibres, nerfs, physionomie, âme et corps, tout, chaque pore même tressaille. La vie semble ne plus être en nous ; elle en sort et jaillit, elle se communique comme une contagion, se transmet par le regard, par l'accent de la voix, par le geste, en imposant notre vouloir aux autres. Le vieux soldat tressaillit en entendant ce seul mot, ce premier, ce terrible « Monsieur ! ». Mais aussi était-ce tout à la fois un reproche, une prière, un pardon, une espérance, un désespoir, une interrogation, une réponse. Ce mot comprenait tout. Il fallait être comédienne pour jeter tant d'éloquence, tant de sentiments dans un mot. Le vrai n'est pas si complet dans son expression, il ne met pas tout en dehors, il laisse voir tout ce qui est au-dedans. Le colonel eut mille remords de ses soupçons, de ses demandes, de sa colère, et baissa les yeux pour ne pas laisser deviner son trouble.

« Monsieur, reprit la comtesse après une pause imperceptible, je vous ai bien reconnu !

— Rosine, dit le vieux soldat, ce mot contient le seul baume qui pût me faire oublier mes malheurs. »

Deux grosses larmes roulèrent toutes chaudes sur les mains de sa femme, qu'il pressa pour exprimer une tendresse paternelle.

« Monsieur, reprit-elle, comment n'avez-vous pas deviné qu'il me coûtait horriblement de paraître devant un étranger dans une position aussi fausse que l'est la mienne ? Si j'ai à rougir de ma situation, que ce ne soit au moins qu'en famille. Ce secret ne devait-il pas rester enseveli dans nos cœurs ? Vous m'absoudrez, j'espère, de mon indifférence apparente pour les malheurs d'un Chabert à l'existence duquel je ne devais pas croire. J'ai reçu vos lettres, dit-elle vivement, en lisant sur les traits de son mari l'objection qui s'y exprimait, mais elles me parvinrent treize mois après la bataille d'Eylau ; elles étaient ouvertes, salies, l'écriture en était méconnaissable, et j'ai dû croire, après avoir obtenu la signature de Napoléon sur mon nouveau contrat de mariage, qu'un adroit intrigant voulait se jouer de moi. Pour ne pas troubler le repos de M. le comte Ferraud, et ne pas altérer les liens de la famille, j'ai donc dû prendre des précautions contre un faux Chabert. N'avais-je pas raison, dites ?

— Oui, tu as eu raison ; c'est moi qui suis un sot, un animal, une bête, de n'avoir pas su mieux calculer les conséquences d'une situation semblable. Mais où allons-nous ? dit le colonel en se voyant à la barrière de la Chapelle.

— À ma campagne, près de Groslay, dans la vallée de Montmorency. Là, monsieur, nous réfléchirons ensemble au parti que nous devons prendre. Je connais mes devoirs. Si je suis à vous en droit, je ne vous appartiens plus en fait. Pouvez-vous désirer que nous devenions la fable de tout Paris ? N'instruisons pas le public de cette situation qui pour moi présente un côté ridicule, et sachons garder notre dignité. Vous m'aimez encore, reprit-elle en jetant sur le colonel un regard triste et doux ; mais, moi, n'ai-je pas été autorisée à former d'autres liens ? En cette singulière position, une voix secrète me dit d'espérer en votre bonté, qui m'est si connue. Aurais-je donc tort en vous prenant pour seul et unique arbitre de mon sort ? Soyez juge et partie. Je me confie à la noblesse de votre caractère. Vous aurez la générosité de me pardonner les résultats de fautes innocentes. Je vous l'avouerai donc, j'aime M. Ferraud. Je me suis crue en droit de l'aimer. Je ne rougis pas de cet aveu devant vous ; s'il vous offense, il ne nous déshonore point. Je ne puis vous cacher les faits. Quand le hasard m'a laissée veuve, je n'étais pas mère. »

Le colonel fit un signe de main à sa femme, pour lui imposer silence, et ils restèrent sans proférer un seul mot pendant une demi-lieue. Chabert croyait voir les deux petits enfants devant lui.

« Rosine !

— Monsieur ?

— Les morts ont donc bien tort de revenir ?

— Oh ! monsieur, non, non ! Ne me croyez pas ingrate. Seulement, vous trouvez une amante, une mère, là où vous aviez laissé une épouse. S'il n'est plus en mon pouvoir de vous aimer, je sais tout ce que je vous dois et puis vous offrir encore toutes les affections d'une fille.

— Rosine, reprit le vieillard d'une voix douce, je n'ai plus aucun ressentiment contre toi. Nous oublierons tout, ajouta-t-il avec un de ces sourires dont la grâce est toujours le reflet d'une belle âme. Je ne suis pas assez peu délicat pour exiger les semblants de l'amour chez une femme qui n'aime plus. »

La comtesse lui lança un regard empreint d'une telle reconnaissance, que le pauvre Chabert aurait voulu rentrer dans sa fosse d'Eylau. Certains hommes ont une âme assez forte pour de tels dévouements, dont la récompense se trouve pour eux dans la certitude d'avoir fait le bonheur d'une personne aimée.

« Mon ami, nous parlerons de tout ceci plus tard et à cœur reposé », dit la comtesse.

La conversation prit un autre cours, car il était impossible de la continuer longtemps sur ce sujet. Quoique les deux époux revinssent souvent à leur situation bizarre, soit par des allusions, soit sérieusement, ils firent un charmant voyage, se rappelant les événements de leur union passée et les choses de l'Empire. La comtesse sut imprimer un charme doux à ces souvenirs, et répandit dans la conversation une teinte de mélancolie nécessaire pour y maintenir la gravité. Elle faisait revivre l'amour sans exciter aucun désir, et laissait entrevoir à son premier époux toutes les richesses morales qu'elle avait acquises, en tâchant de l'accoutumer à l'idée de restreindre son bonheur aux seules jouissances que goûte un père près d'une fille chérie. Le colonel avait connu la comtesse de l'Empire, il revoyait une comtesse de la Restauration. Enfin les deux époux arrivèrent par un chemin de traverse à un grand parc situé dans la petite vallée qui sépare les hauteurs de Margency du joli village de Groslay. La comtesse possédait là une délicieuse maison où le colonel vit, en arrivant, tous les apprêts que nécessitaient son séjour et celui de sa femme. Le malheur est une espèce de talisman dont la vertu consiste à corroborer notre constitution primitive : il augmente la défiance et la méchanceté chez certains hommes, comme il accroît la bonté de ceux qui ont un cœur excellent.

L'infortune avait rendu le colonel encore plus secourable et meilleur qu'il ne l'avait été, il pouvait donc s'initier au secret des souffrances féminines qui sont inconnues à la plupart des hommes. Néanmoins, malgré son peu de défiance, il ne put s'empêcher de dire à sa femme : « Vous étiez donc bien sûre de m'emmener ici ?

— Oui, répondit-elle, si je trouvais le colonel Chabert dans le plaideur. »

L'air de vérité qu'elle sut mettre dans cette réponse dissipa les légers soupçons que le colonel eut honte

d'avoir conçus. Pendant trois jours, la comtesse fut
admirable près de son premier mari. Par de tendres
soins et par sa constante douceur, elle semblait vouloir effacer le souvenir des souffrances qu'il avait endu-
rées, se faire pardonner les malheurs que, suivant ses
aveux, elle avait innocemment causés ; elle se plaisait
à déployer pour lui, tout en lui faisant apercevoir une
sorte de mélancolie, les charmes auxquels elle le savait
faible ; car nous sommes plus particulièrement acces-
sibles à certaines façons, à des grâces de cœur ou
d'esprit auxquelles nous ne résistons pas ; elle voulait
l'intéresser à sa situation, et l'attendrir assez pour
s'emparer de son esprit et disposer souverainement de
lui. Décidée à tout pour arriver à ses fins, elle ne savait
pas encore ce qu'elle devait faire de cet homme, mais
certes elle voulait l'anéantir socialement. Le soir du troisième jour, elle sentit que, malgré ses efforts, elle ne
pouvait cacher les inquiétudes que lui causait le résultat de ses manœuvres. Pour se trouver un moment à
l'aise, elle monta chez elle, s'assit à son secrétaire,
déposa le masque de tranquillité qu'elle conservait
devant le comte Chabert, comme une actrice qui, rentrant fatiguée dans sa loge après un cinquième acte pénible, tombe demi-morte et laisse dans la salle une image
d'elle-même à laquelle elle ne ressemble plus. Elle se
mit à finir une lettre commencée qu'elle écrivait à Delbecq, à qui elle disait d'aller, en son nom, demander
chez Derville communication des actes qui concernaient
le colonel Chabert, de les copier et de venir aussitôt la
trouver à Groslay. À peine avait-elle achevé, qu'elle
entendit dans le corridor le bruit des pas du colonel,
qui, tout inquiet, venait la retrouver.

« Hélas ! dit-elle à haute voix, je voudrais être
morte ! Ma situation est intolérable...

— Eh bien, qu'avez-vous donc ? demanda le bonhomme.

— Rien, rien », dit-elle.

Elle se leva, laissa le colonel et descendit pour parler sans témoin à sa femme de chambre, qu'elle fit partir

pour Paris, en lui recommandant de remettre elle-même
à Delbecq la lettre qu'elle venait d'écrire, et de la lui
rapporter aussitôt qu'il l'aurait lue. Puis la comtesse
alla s'asseoir sur un banc où elle était assez en vue pour
que le colonel vînt l'y trouver aussitôt qu'il le voudrait.
Le colonel, qui déjà cherchait sa femme, accourut et
s'assit près d'elle.

« Rosine, lui dit-il, qu'avez-vous ? »

Elle ne répondit pas. La soirée était une de ces soi-
rées magnifiques et calmes dont les secrètes harmonies
répandent, au mois de juin, tant de suavité dans les cou-
chers de soleil. L'air était pur et le silence profond, en
sorte que l'on pouvait entendre dans le lointain du parc
les voix de quelques enfants qui ajoutaient une sorte
de mélodie aux sublimités du paysage.

« Vous ne me répondez pas ? demanda le colonel à
sa femme.

— Mon mari... », dit la comtesse, qui s'arrêta, fit
un mouvement et s'interrompit pour lui demander en
rougissant : « Comment dirai-je en parlant de M. le
comte Ferraud ?

— Nomme-le ton mari, ma pauvre enfant, répondit
le colonel avec un accent de bonté ; n'est-ce pas le père
de tes enfants ?

— Eh bien, reprit-elle, si monsieur me demande ce
que je suis venue faire ici, s'il apprend que je m'y suis
enfermée avec un inconnu, que lui dirai-je ? Écoutez,
monsieur, reprit-elle en prenant une attitude pleine de
dignité, décidez de mon sort, je suis résignée à tout...

— Ma chère, dit le colonel en s'emparant des mains
de sa femme, j'ai résolu de me sacrifier entièrement à
votre bonheur...

— Cela est impossible, s'écria-t-elle en laissant
échapper un mouvement convulsif. Songez donc que
vous devriez alors renoncer à vous-même, et d'une
manière authentique...

— Comment, dit le colonel, ma parole ne vous suffit pas ? »

Le mot *authentique* tomba sur le cœur du vieillard

et y réveilla des défiances involontaires. Il jeta sur sa femme un regard qui la fit rougir, elle baissa les yeux, et il eut peur de se trouver obligé de la mépriser. La comtesse craignait d'avoir effarouché la sauvage pudeur, la probité sévère d'un homme dont le caractère généreux, les vertus primitives lui étaient connus. Quoique ces idées eussent répandu quelques nuages sur leur front, la bonne harmonie se rétablit aussitôt entre eux. Voici comment. Un cri d'enfant retentit au loin.

« Jules, laissez votre sœur tranquille ! s'écria la comtesse.

— Quoi ! vos enfants sont ici ? dit le colonel.

— Oui, mais je leur ai défendu de vous importuner. »

Le vieux soldat comprit la délicatesse, le tact de femme renfermé dans ce procédé si gracieux, et prit la main de la comtesse pour la baiser.

« Qu'ils viennent donc », dit-il.

La petite fille accourait pour se plaindre de son frère.

« Maman !

— Maman !

— C'est lui qui...

— C'est elle... »

Les mains étaient étendues vers la mère, et les deux voix enfantines se mêlaient. Ce fut un tableau soudain et délicieux.

« Pauvres enfants ! s'écria la comtesse en ne retenant plus ses larmes, il faudra les quitter ; à qui le jugement les donnera-t-il ? On ne partage pas un cœur de mère, je les veux, moi !

— Est-ce vous qui faites pleurer maman ? dit Jules en jetant un regard de colère au colonel.

— Taisez-vous, Jules ! », s'écria la mère d'un air impérieux.

Les deux enfants restèrent debout et silencieux, examinant leur mère et l'étranger avec une curiosité qu'il est impossible d'exprimer par des paroles.

« Oh ! oui, reprit-elle, si l'on me sépare du comte, qu'on me laisse les enfants, et je serai soumise à tout... »

Ce fut un mot décisif qui obtint tout le succès qu'elle en avait espéré.

« Oui, s'écria le colonel comme s'il achevait une phrase mentalement commencée, je dois rentrer sous terre. Je me le suis déjà dit.

— Puis-je accepter un tel sacrifice ? répondit la comtesse. Si quelques hommes sont morts pour sauver l'honneur de leur maîtresse, ils n'ont donné leur vie qu'une fois. Mais, ici, vous donneriez votre vie tous les jours ! Non, non, cela est impossible. S'il ne s'agissait que de votre existence, ce ne serait rien ; mais signer que vous n'êtes pas le colonel Chabert, reconnaître que vous êtes un imposteur, donner votre honneur, commettre un mensonge à toute heure du jour, le dévouement humain ne saurait aller jusque-là. Songez donc ! Non. Sans mes pauvres enfants, je me serais déjà enfuie avec vous au bout du monde...

— Mais, reprit Chabert, est-ce que je ne puis pas vivre ici, dans votre petit pavillon, comme un de vos parents ? Je suis usé comme un canon de rebut, il ne me faut qu'un peu de tabac et *le Constitutionnel*. »

La comtesse fondit en larmes. Il y eut entre la comtesse Ferraud et le colonel Chabert un combat de générosité d'où le soldat sortit vainqueur. Un soir, en voyant cette mère au milieu de ses enfants, le soldat fut séduit par les touchantes grâces d'un tableau de famille, à la campagne, dans l'ombre et le silence ; il prit la résolution de rester mort, et, ne s'effrayant plus de l'authenticité d'un acte, il demanda comment il fallait s'y prendre pour assurer irrévocablement le bonheur de cette famille.

« Faites comme vous voudrez ! lui répondit la comtesse, je vous déclare que je ne me mêlerai en rien de cette affaire. Je ne le dois pas. »

Delbecq était arrivé depuis quelques jours, et, suivant les instructions verbales de la comtesse, l'intendant avait su gagner la confiance du vieux militaire. Le lendemain matin donc, le colonel Chabert partit avec l'ancien avoué pour Saint-Leu-Taverny, où Delbecq

avait fait préparer chez le notaire un acte conçu en termes si crus, que le colonel sortit brusquement de l'étude
après en avoir entendu la lecture.

« Mille tonnerres ! je serais un joli coco ! Mais je
passerais pour un faussaire, s'écria-t-il.

— Monsieur, lui dit Delbecq, je ne vous conseille pas
de signer trop vite. À votre place, je tirerais au moins
trente mille livres de rente de ce procès-là, car madame
les donnerait. »

Après avoir foudroyé ce coquin émérite par le lumineux regard de l'honnête homme indigné, le colonel
s'enfuit, emporté par mille sentiments contraires. Il
redevint défiant, s'indigna, se calma tour à tour. Enfin
il entra dans le parc de Groslay par la brèche d'un mur,
et vint à pas lents se reposer et réfléchir à son aise dans
un cabinet pratiqué sous un kiosque d'où l'on décou-
vrait le chemin de Saint-Leu. L'allée étant sablée avec
cette espèce de terre jaunâtre par laquelle on remplace
le gravier de rivière, la comtesse, qui était assise dans
le petit salon de cette espèce de pavillon, n'entendit
pas le colonel, car elle était trop préoccupée du succès
de son affaire pour prêter la moindre attention au
léger bruit que fit son mari. Le vieux soldat n'aperçut
pas non plus sa femme au-dessus de lui dans le petit
pavillon.

« Eh bien, monsieur Delbecq, a-t-il signé ? demanda
la comtesse à son intendant, qu'elle vit seul sur le chemin par-dessus la haie d'un saut-de-loup.

— Non, madame. Je ne sais même pas ce que notre
homme est devenu. Le vieux cheval s'est cabré.

— Il faudra donc finir par le mettre à Charenton,
dit-elle, puisque nous le tenons. »

Le colonel, qui retrouva l'élasticité de la jeunesse
pour franchir le saut-de-loup, fut en un clin d'œil
devant l'intendant, auquel il appliqua la plus belle paire
de soufflets qui jamais ait été reçue sur deux joues de
procureur.

« Ajoute que les vieux chevaux savent ruer », lui
dit-il.

Cette colère dissipée, le colonel ne se sentit plus la force de sauter le fossé. La vérité s'était montrée dans sa nudité. Le mot de la comtesse et la réponse de Delbecq avaient dévoilé le complot dont il allait être victime. Les soins qui lui avaient été prodigués étaient une amorce pour le prendre dans un piège. Ce mot fut comme une goutte de quelque poison subtil qui détermina chez le vieux soldat le retour de ses douleurs et physiques et morales. Il revint vers le kiosque par la porte du parc, en marchant lentement, comme un homme affaissé. Donc, ni paix ni trêve pour lui ! Dès ce moment, il fallait commencer avec cette femme la guerre odieuse dont lui avait parlé Derville, entrer dans une vie de procès, se nourrir de fiel, boire chaque matin un calice d'amertume. Puis, pensée affreuse, où trouver l'argent nécessaire pour payer les frais des premières instances ? Il lui prit un si grand dégoût de la vie, que, s'il y avait eu de l'eau près de lui, il s'y serait jeté ; que, s'il avait eu des pistolets, il se serait brûlé la cervelle. Puis il retomba dans l'incertitude d'idées qui, depuis sa conversation avec Derville chez le nourrisseur, avait changé son moral. Enfin, arrivé devant le kiosque, il monta dans le cabinet aérien dont les rosaces de verre offraient la vue de chacune des ravissantes perspectives de la vallée, et où il trouva sa femme assise sur une chaise. La comtesse examinait le paysage et gardait une contenance pleine de calme en montrant cette impénétrable physionomie que savent prendre les femmes déterminées à tout. Elle s'essuya les yeux comme si elle eût versé des pleurs, et joua par un geste distrait avec le long ruban rose de sa ceinture. Néanmoins, malgré son assurance apparente, elle ne put s'empêcher de frissonner en voyant devant elle son vénérable bienfaiteur, debout, les bras croisés, la figure pâle, le front sévère.

« Madame, dit-il après l'avoir regardée fixement pendant un moment et l'avoir forcée à rougir, madame, je ne vous maudis pas, je vous méprise. Maintenant, je remercie le hasard qui nous a désunis. Je ne sens même pas un désir de vengeance, je ne vous aime plus.

Je ne veux rien de vous. Vivez tranquille sur la foi de ma parole, elle vaut mieux que les griffonnages de tous les notaires de Paris. Je ne réclamerai jamais le nom que j'ai peut-être illustré. Je ne suis plus qu'un pauvre diable nommé Hyacinthe, qui ne demande que sa place au soleil. Adieu... »

La comtesse se jeta aux pieds du colonel, et voulut le retenir en lui prenant les mains ; mais il la repoussa avec dégoût en lui disant : « Ne me touchez pas. »

La comtesse fit un geste intraduisible lorsqu'elle entendit le bruit des pas de son mari. Puis, avec la profonde perspicacité que donne une haute scélératesse ou le féroce égoïsme du monde, elle crut pouvoir vivre en paix sur la promesse et le mépris de ce loyal soldat.

Chabert disparut en effet. Le nourrisseur fit faillite et devint cocher de cabriolet. Peut-être le colonel s'adonna-t-il d'abord à quelque industrie du même genre. Peut-être, semblable à une pierre lancée dans un gouffre, alla-t-il, de cascade en cascade, s'abîmer dans cette boue de haillons qui foisonne à travers les rues de Paris.

Six mois après cet événement, Derville, qui n'entendait plus parler ni du colonel Chabert ni de la comtesse Ferraud, pensa qu'il était survenu sans doute entre eux une transaction, que, par vengeance, la comtesse avait fait dresser dans une autre étude. Alors, un matin, il supputa les sommes avancées audit Chabert, y ajouta les frais, et pria la comtesse Ferraud de réclamer à M. le comte Chabert le montant de ce mémoire, en présumant qu'elle savait où se trouvait son premier mari.

Le lendemain même, l'intendant du comte Ferraud, récemment nommé président du tribunal de première instance dans une ville importante, écrivit à Derville ce mot désolant :

« Monsieur,

« Madame la comtesse Ferraud me charge de vous
prévenir que votre client avait complètement abusé de
votre confiance, et que l'individu qui disait être le comte
Chabert a reconnu avoir indûment pris de fausses qualités.

« Agréez, etc.

DELBECQ. »

« On rencontre des gens qui sont aussi, ma parole
d'honneur, par trop bêtes. Ils ont volé le baptême,
s'écria Derville. Soyez donc humain, généreux, philanthrope et avoué, vous vous faites enfoncer ! Voilà
une affaire qui me coûte plus de deux billets de mille
francs. »

Quelque temps après la réception de cette lettre,
Derville cherchait au Palais un avocat auquel il voulait parler, et qui plaidait à la police correctionnelle.
Le hasard voulut que Derville entrât à la sixième chambre au moment où le président condamnait comme
vagabond le nommé Hyacinthe à deux mois de prison,
et ordonnait qu'il fût ensuite conduit au dépôt de mendicité de Saint-Denis, sentence qui, d'après la jurisprudence des préfets de police, équivaut à une détention
perpétuelle.

Au nom d'Hyacinthe, Derville regarda le délinquant
assis entre deux gendarmes sur le banc des prévenus,
et reconnut, dans la personne du condamné, son faux
colonel Chabert. Le vieux soldat était calme, immobile, presque distrait. Malgré ses haillons, malgré la
misère empreinte sur sa physionomie, elle déposait [1]
d'une noble fierté. Son regard avait une expression de
stoïcisme qu'un magistrat n'aurait pas dû méconnaî-
tre ; mais, dès qu'un homme tombe entre les mains de
la justice, il n'est plus qu'un être moral, une question

_____

1. Elle témoignait.

de Droit ou de Fait, comme aux yeux des statisticiens il devient un chiffre.

Quand le soldat fut reconduit au Greffe pour être ☜ emmené plus tard avec la fournée de vagabonds que l'on jugeait en ce moment, Derville usa du droit qu'ont les avoués d'entrer partout au Palais, l'accompagna au Greffe et l'y contempla pendant quelques instants, ainsi que les curieux mendiants parmi lesquels il se trouvait. L'antichambre du Greffe offrait alors un de ces spectacles que malheureusement ni les législateurs, ni les philanthropes, ni les peintres, ni les écrivains ne viennent étudier. Comme tous les laboratoires de la chicane, cette antichambre est une pièce obscure et puante, dont les murs sont garnis d'une banquette en bois noirci par le séjour perpétuel des malheureux qui viennent à ce rendez-vous de toutes les misères sociales, et auquel pas un ne manque. Un poète dirait que le jour a honte d'éclairer ce terrible égout par lequel passent tant d'infortunes ! Il n'est pas une seule place où ne se soit assis quelque crime en germe ou consommé ; pas un seul endroit où ne se soit rencontré quelque homme qui, désespéré par la légère flétrissure que la justice avait imprimée à sa première faute, n'ait commencé une existence au bout de laquelle devait se dresser la guillotine, ou détoner le pistolet du suicide. Tous ceux qui tombent sur le pavé de Paris rebondissent contre ces murailles jaunâtres, sur lesquelles un philanthrope qui ne serait pas un spéculateur pourrait déchiffrer la justification des nombreux suicides dont se plaignent des écrivains hypocrites, incapables de faire un pas pour les prévenir, et qui se trouve écrite dans cette antichambre, espèce de préface pour les drames de la Morgue ou pour ceux de la place de Grève.

En ce moment, le colonel Chabert s'assit au milieu de ces hommes à faces énergiques, vêtus des horribles livrées de la misère, silencieux par intervalles, ou causant à voix basse, car trois gendarmes de faction se promenaient en faisant retentir leurs sabres sur le plancher.

☞ Voir *Au fil du texte*, p. XI.

« Me reconnaissez-vous ? dit Derville au vieux soldat en se plaçant devant lui.

— Oui, monsieur, répondit Chabert en se levant.

— Si vous êtes un honnête homme, reprit Derville à voix basse, comment avez-vous pu rester mon débiteur ? »

Le vieux soldat rougit comme aurait pu le faire une jeune fille accusée par sa mère d'un amour clandestin.

« Quoi ! madame Ferraud ne vous a pas payé ? s'écria-t-il à haute voix.

— Payé ! dit Derville. Elle m'a écrit que vous étiez un intrigant. »

Le colonel leva les yeux par un sublime mouvement d'horreur et d'imprécation, comme pour en appeler au Ciel de cette tromperie nouvelle.

« Monsieur, dit-il d'une voix calme à force d'altération, obtenez des gendarmes la faveur de me laisser entrer au Greffe, je vais vous signer un mandat qui sera certainement acquitté. »

Sur un mot dit par Derville au brigadier, il lui fut permis d'emmener son client dans le Greffe, où Hyacinthe écrivit quelques lignes adressées à la comtesse Ferraud.

« Envoyez cela chez elle, dit le soldat, et vous serez remboursé de vos frais et de vos avances. Croyez, monsieur, que, si je ne vous ai pas témoigné la reconnaissance que je vous dois pour vos bons offices, elle n'en est pas moins là, dit-il en se mettant la main sur le cœur. Oui, elle est là, pleine et entière. Mais que peuvent les malheureux ? Ils aiment, voilà tout.

— Comment, lui dit Derville, n'avez-vous pas stipulé pour vous quelque rente ?

— Ne me parlez pas de cela ! répondit le vieux militaire. Vous ne pouvez pas savoir jusqu'où va mon mépris pour cette vie extérieure à laquelle tiennent la plupart des hommes. J'ai subitement été pris d'une maladie, le dégoût de l'humanité. Quand je pense que Napoléon est à Sainte-Hélène, tout ici-bas m'est indifférent. Je ne puis plus être soldat, voilà tout mon malheur. Enfin, ajouta-t-il en faisant un geste plein d'enfantillage, il vaut mieux avoir du luxe dans ses sentiments que sur ses habits. Je ne crains, moi, le mépris de personne. »

Et le colonel alla se remettre sur son banc. Derville sortit. Quand il revint à son étude, il envoya Godeschal, alors son second clerc, chez la comtesse Ferraud, qui, à la lecture du billet, fit immédiatement payer la somme due à l'avoué du comte Chabert.

En 1840, vers la fin du mois de juin, Godeschal, alors avoué, allait à Ris, en compagnie de Derville, son prédécesseur. Lorsqu'ils parvinrent à l'avenue qui conduit de la grande route à Bicêtre, ils aperçurent sous un des ormes du chemin un de ces vieux pauvres chenus et cassés qui ont obtenu le bâton de maréchal des mendiants, en vivant à Bicêtre comme les femmes indigentes vivent à la Salpêtrière. Cet homme, l'un des deux mille malheureux logés dans l'*hospice de la Vieillesse*, était assis sur une borne et paraissait concentrer toute son intelligence dans une opération bien connue des invalides, et qui consiste à faire sécher au soleil le tabac de leurs mouchoirs, pour éviter de les blanchir peut-être. Ce vieillard avait une physionomie attachante. Il était vêtu de cette robe de drap rougeâtre que l'Hospice accorde à ses hôtes, espèce de livrée horrible.

« Tenez, Derville, dit Godeschal à son compagnon de voyage, voyez donc ce vieux. Ne ressemble-t-il pas à ces grotesques qui nous viennent d'Allemagne ? Et cela vit, et cela est heureux peut-être. »

Derville prit son lorgnon, regarda le pauvre, laissa échapper un mouvement de surprise et dit :

« Ce vieux-là, mon cher, est tout un poème, ou, comme disent les romantiques, un drame. As-tu rencontré quelquefois la comtesse Ferraud ?

— Oui, c'est une femme d'esprit et très agréable ; mais un peu trop dévote, dit Godeschal.

— Ce vieux bicêtrien est son mari légitime, le comte Chabert, l'ancien colonel ; elle l'aura sans doute fait placer là. S'il est dans cet hospice au lieu d'habiter un hôtel, c'est uniquement pour avoir rappelé à la jolie comtesse Ferraud qu'il l'avait prise, comme un fiacre, sur la place. Je me souviens encore du regard de tigre qu'elle lui jeta dans ce moment-là. »

Ce début ayant excité la curiosité de Godeschal, Derville lui raconta l'histoire qui précède. Deux jours après, le lundi matin, en revenant à Paris, les deux amis jetèrent un coup d'œil sur Bicêtre, et Derville proposa d'aller voir le colonel Chabert. À moitié chemin de l'avenue, les deux amis trouvèrent assis sur la souche d'un arbre abattu le vieillard, qui tenait à la main un bâton et s'amusait à tracer des raies sur le sable. En le regardant attentivement, ils s'aperçurent qu'il venait de déjeuner autre part qu'à l'établissement.

« Bonjour, colonel Chabert, lui dit Derville.

— Pas Chabert ! pas Chabert ! je me nomme Hyacinthe, répondit le vieillard. Je ne suis plus un homme, je suis le numéro 164, septième salle », ajouta-t-il en regardant Derville avec une anxiété peureuse, avec une crainte de vieillard et d'enfant. « Vous allez voir le condamné à mort ? dit-il après un moment de silence. Il n'est pas marié, lui ! Il est bien heureux.

— Pauvre homme, dit Godeschal. Voulez-vous de l'argent pour acheter du tabac ? »

Avec toute la naïveté d'un gamin de Paris, le colonel tendit avidement la main à chacun des deux inconnus, qui lui donnèrent une pièce de vingt francs ; il les remercia par un regard stupide, en disant : « Braves troupiers ! » Il se mit au port d'armes, feignit de les coucher en joue, et s'écria en souriant : « Feu des deux pièces ! vive Napoléon ! » Et il décrivit en l'air avec sa canne une arabesque imaginaire.

« Le genre de sa blessure l'aura fait tomber en enfance, dit Derville.

— Lui en enfance ! s'écria un vieux bicêtrien qui les regardait. Ah ! il y a des jours où il ne faut pas lui marcher sur le pied. C'est un vieux malin plein de philosophie et d'imagination. Mais, aujourd'hui, que voulez-vous ! il a fait le lundi [1]. Monsieur, en 1820, il était déjà ici. Pour lors, un officier prussien, dont la calèche montait la côte de Villejuif, vint à passer à pied. Nous étions nous deux, Hyacinthe et moi, sur le bord de la route. Cet officier causait en marchant avec un autre, avec un Russe, ou quelque animal de la même espèce, lorsqu'en voyant l'ancien, le Prussien, histoire de blaguer, lui dit : "Voilà un vieux voltigeur qui devait être à Rosbach. — J'étais trop jeune pour y être, lui répondit-il ; mais j'ai été assez vieux pour me trouver à Iéna." Pour lors, le Prussien a filé, sans faire d'autres questions [2].

— Quelle destinée ! s'écria Derville. Sorti de l'*hospice des Enfants trouvés*, il revient mourir à l'*hospice de la Vieillesse*, après avoir, dans l'intervalle, aidé Napoléon à conquérir l'Égypte et l'Europe. Savez-vous, mon cher, reprit Derville après une pause, qu'il existe dans notre société trois hommes, le Prêtre, le Médecin et l'Homme de justice, qui ne peuvent pas estimer le monde ? Ils ont des robes noires, peut-être parce qu'ils portent le deuil de toutes les vertus, de toutes les illusions. Le plus malheureux des trois est l'avoué. Quand l'homme vient trouver le prêtre, il arrive poussé par le repentir, par le remords, par des croyances qui le rendent intéressant, qui le grandissent, et consolent l'âme du médiateur, dont la tâche ne va pas sans une sorte de jouissance : il purifie, il répare, et réconcilie. Mais, nous autres avoués, nous voyons se répéter les mêmes sentiments mauvais, rien ne les corrige, nos études sont des égouts qu'on ne peut pas curer. Combien de choses n'ai-je pas apprises en exerçant ma charge ! J'ai vu mourir un père dans un grenier, sans sou ni maille, abandonné par deux filles auxquelles il avait donné

1. Selon son compagnon il a continué à s'amuser et sans doute à boire un peu comme si lundi était encore dimanche.
2. Les Français vaincus par les Prussiens à Rosbach en 1757 furent vainqueurs à Iéna en 1806.

Voir *Au fil du texte*, p. X.

quarante mille livres de rente ! J'ai vu brûler des testaments ; j'ai vu des mères dépouillant leurs enfants, des maris volant leurs femmes, des femmes tuant leurs maris en se servant de l'amour qu'elles leur inspiraient pour les rendre fous ou imbéciles, afin de vivre en paix avec un amant. J'ai vu des femmes donnant à l'enfant d'un premier lit des goûts qui devaient amener sa mort, afin d'enrichir l'enfant de l'amour. Je ne puis vous dire tout ce que j'ai vu, car j'ai vu des crimes contre lesquels la justice est impuissante. Enfin, toutes les horreurs que les romanciers croient inventer sont toujours au-dessous de la vérité. Vous allez connaître ces jolies choses-là, vous ; moi, je vais vivre à la campagne avec ma femme. Paris me fait horreur.

— J'en ai déjà bien vu chez Desroches », répondit Godeschal.

Paris, février-mars 1832.

LES CLÉS DE L'ŒUVRE

I - AU FIL DU TEXTE

II - DOSSIER HISTORIQUE ET LITTÉRAIRE

Pour approfondir votre lecture, LIRE vous propose une sélection commentée :
- de morceaux « classiques » devenus incontournables, signalés par ●◆ (droit au but).
- d'extraits représentatifs de l'œuvre, signalés par ◗ (en flânant).

AU FIL DU TEXTE

Par Gérard Gengembre,
professeur de littérature française à l'université de Caen.

1. DÉCOUVRIR V
- La date
- Le titre
- Composition :
  - Point de vue de l'auteur
  - Structure de l'œuvre

2. LIRE IX
- ●◆ Droit au but
  - *Portrait de Chabert*
  - *Résurrection de Chabert*
  - *La leçon du roman*
- ⌒◆ En flânant
  - *Rêverie de Derville*
  - *Retrouvailles*
  - *Une leçon de morale*
- Les thèmes clés

3. POURSUIVRE XII
- Lectures croisées
- Pistes de recherches
- Parcours critique
- Un livre/un film

AU FIL DU TEXTE

I - DÉCOUVRIR

> *La phrase clé*
>
> – Monsieur, lui dit Derville, à qui ai-je l'honneur de parler ?
> – Au colonel Chabert.
> – Lequel ?
> – Celui qui est mort à Eylau, répondit le vieillard (pp. 34-35).

• LA DATE

Le roman a été publié en 1832 sous une première forme intitulée *La Transaction* (voir ci-après, dans « Structure de l'œuvre ») dans la revue *L'Artiste*. Divisée en quatre parties (« Scène d'étude », « Résurrection », « Les Deux Visites », « L'Hospice de la vieillesse »), cette version raconte une histoire qui se déroule pour l'essentiel en 1816. Un litige avec l'éditeur Fournier, qui avait republié le texte sous le titre *Le Comte Chabert* sans l'aval de Balzac, est réglé en 1834, et le romancier remanie son œuvre, éditée en 1835 dans les *Études de mœurs au XIXe siècle* sous le titre *La Comtesse à deux maris* (voir ci-après). L'édition de 1844 dans *La Comédie humaine*, avec le titre définitif, comporte de nouveaux aménagements.

Le roman s'inscrit donc dans une assez longue période de l'activité créatrice de Balzac. Son action débute environ dix ans après la bataille d'Eylau, soit en 1817 sous la Restauration. Chabert est un revenant d'une époque révolue. Il sera donc un exclu. Son histoire s'achève douze ans après sa première visite à l'étude de maître Derville, en 1829, à la fin de la Restauration.

• LE TITRE

L'évolution des titres montre bien comment Balzac choisit finalement de centrer l'intérêt sur Chabert, dont le nom n'apparaissait ni dans le titre de la première version ni dans celui de la deuxième. En déplaçant cet intérêt de la comtesse à son mari, Balzac privilégie le personnage à l'évidence le plus intéressant, le plus porteur de significations. On remarquera également que, de comte, Chabert devient colonel, ce qui le désigne comme militaire et inscrit l'épopée napoléonienne en filigrane.

• COMPOSITION

Le point de vue de l'auteur

Le pacte de lecture

Le récit est assumé par un narrateur omniscient. Il délègue parfois son point de vue à Derville, qui, par sa profession de notaire, apparaît comme le détenteur d'un savoir sur la société et d'une sagesse désabusée.

Les objectifs d'écriture

1. Dès ses premiers romans signés de pseudonymes, Balzac attribuait à des personnages de militaires le rôle de témoins des guerres révolutionnaires et impériales. Il s'agissait d'entretenir une mémoire, mais aussi d'évoquer la crise morale et matérielle des vétérans après l'abdication de Napoléon en 1814 et Waterloo en 1815. Les militaires font leur véritable apparition en 1829 dans *Les Chouans* (Pocket Classiques, n° 6064). Ils installent le peuple dans l'univers romanesque, car ils étaient issus dans leur masse des classes populaires. Mais ils apparaissent déjà en décalage par rapport aux nouveaux maîtres de la France moderne : possédants, policiers et même Bonaparte. Chabert incarnera l'aboutissement de cet écart.

2. Cependant, les militaires entretiennent la légende napoléonienne (voir, ci-après, « Pistes de recherches »).

3. La condition du militaire déconsidéré après l'épopée napoléonienne s'insère dans le drame de la vie privée, et singulièrement dans le rapport à la femme. Le thème du retour fait de ce revenant le révélateur d'une société qu'il retrouve et qui a continué sans lui. Se manifeste alors la dégradation de cette société, et il apparaît comme un dénonciateur ou au moins comme une figure critique. Dans le cas d'une société plus juste et porteuse d'avenir, il peut avoir une autre fonction, celle de redresseur de torts comme dans *Ivanhoë* de Walter Scott. Ici, il n'y a plus de légende, il n'y

a plus de justice, plus de beaux sentiments : le revenant Chabert sera un exilé, victime d'une implacable mécanique.

4. La description de l'étude du notaire, qui n'est pas un thème nouveau, permet de faire comprendre la société par le fonctionnement des contrats, par le jeu et la logique de la loi. Là aussi, nous avons une fonction de révélation et d'explication. De plus, le héros d'Eylau se trouve immédiatement plongé dans le monde prosaïque de la paperasse et des intérêts.

5. La comtesse Ferraud est représentative d'un univers dominé par les intérêts et par l'argent. Aristocrate, venue du trottoir, elle incarne la société bourgeoise post-révolutionnaire et impériale. Elle démontre par son comportement la déshumanisation à l'œuvre dans la société moderne. Quoique monarchiste légitimiste quand il écrit son roman, Balzac peint de manière impitoyable la société de la Restauration.

6. Ferraud et son épouse viennent tous deux des couches plébéiennes. Ils ont vu dans la nouvelle donne le moyen de parvenir. Ils se servent des circonstances. Rose Chapotel, ex-colonelle Chabert devenue comtesse Ferraud, est une femme sans cœur, thème que Balzac a déjà développé dans *La Peau de chagrin* (Pocket Classiques, n° 6017). Elle n'est cependant pas monstrueuse. Elle a, elle aussi, subi la loi du monde et il faut bien qu'elle se défende. Elle conserve de son passé de prostituée certaines facettes, mais la clause prévue dans la première version du roman selon laquelle Chabert exigeait que ses droits d'époux soient reconnus à jours fixés place la sexualité parmi les modes d'appropriation de l'autre. Le roman montre bien comment les relations homme/femme entrent désormais dans le cadre plus général de la transaction.

Structure de l'œuvre

L'intrigue

Le roman raconte comment un combattant d'Eylau, laissé pour mort sur le terrain, revenu tardivement en France après toute une odyssée et trouvant sa femme richement remariée et devenue comtesse Ferraud, tente en vain, avec l'aide de l'honnête avoué Derville, de recouvrer ses droits conjugaux et ses biens. Vaincu à la fois par la perfidie de la comtesse et par ses propres scrupules de dignité, Chabert finit, demi-fou, à l'hospice.

Les chapitres

La Comtesse à deux maris présente un découpage différent de *La Transaction* : les deux premiers chapitres sont réunis sous le titre « Une étude d'avoué », le troisième et le début du quatrième sous celui de « La Transaction » et la conclusion sous le titre « L'Hospice de la vieillesse ». L'édition définitive du *Colonel Chabert* a supprimé la division en chapitres.

La complexité de la structure

En fait, ce court roman a une structure plus complexe (voir, ci-dessus, « Objectifs d'écriture »).

- Il s'agit d'abord du récit d'une déchéance : un revenant inadapté à la nouvelle situation se trouve condamné à l'exclusion.

- Cette déchéance traduit donc le changement d'un monde : on passe de l'épopée à la nouvelle donne, période de transition qui favorise les intrigants et les profiteurs. Le représentant d'un ordre antérieur n'a plus sa place. Il est littéralement déplacé.

- Les vrais maîtres sont les forts, les riches. On a donc l'expression d'un pessimisme.

II - LIRE

Pour approfondir votre lecture, LIRE vous propose une sélection commentée :
- *de morceaux « classiques » devenus incontournables, signalés par* ➡ *(droit au but).*
- *d'extraits représentatifs de l'œuvre, signalés par* ↪ *(en flânant).*

➡ 1 - *Portrait de Chabert* de « Le colonel Chabert était aussi parfaitement immobile... » à « ... avec leurs amis ».	pp. 33-34

Le portrait de Chabert est très représentatif de l'art du portrait chez Balzac. Aspect général, description du visage, des vêtements : tout est mis en rapport avec des significations que l'observateur averti (le narrateur) peut dégager en sachant mettre en rapport l'extérieur et l'intérieur, l'apparence et l'histoire de l'individu. Il s'agit de peindre un personnage marqué par un drame encore inconnu, mais aussi de susciter l'intérêt du lecteur, alléché par cette introduction. La dégradation physique et vestimentaire traduit, exprime une douleur et compose une figure tragique. C'est quelque chose de quasi surnaturel qui pénètre dans l'univers prosaïque de l'étude, précédemment décrite. La physiognomonie (science qui lit la personne intérieure à partir des traits extérieurs et à laquelle Balzac accordait foi) va de pair avec l'art littéraire. On remarquera la manière dont le narrateur se désigne indirectement en se mettant sur le même plan que le médecin ou le magistrat : l'écriture se hausse alors au niveau du savoir. Le roman n'est pas un divertissement, mais un moyen de connaissance.

➡ 2 - *Résurrection de Chabert* de « Laissez-moi d'abord vous établir les faits... » à « ... champignon ».	pp. 36-39

Le récit fait par lui-même de la résurrection de Chabert est un des temps forts du roman. Le souffle épique de la bataille d'Eylau précédemment évoquée laisse ici place à un épisode presque fantastique. Chabert devient un héros quasi mythique, qui a voyagé dans le royaume des morts. La puissance de l'évocation, le côté surhumain de cette survie au milieu des cadavres vont de pair avec les images macabres qui nous emmènent vers l'envers de l'épopée, vers la terrible réalité de la bataille.

3 - *La leçon du roman*
de « Quelle destinée !... »
à « ... me fait horreur ».

pp. 93-94

Derville a le privilège de la conclusion. Il tire la leçon du roman. Il prend ainsi la place du narrateur, qui lui délègue sa voix. L'avoué est une figure très intéressante. Sa profession lui fait connaître les secrets du monde, même les moins ragoûtants. Il devrait être solidaire de la société qui le fait vivre, mais il est doté d'un sens moral et d'une sensibilité qui lui rendent Chabert sympathique et digne de pitié. Témoin des crimes sociaux, Derville est aussi un juge. Comme Alceste, il condamne le monde et part pour la campagne. Il participe à sa manière du rapprochement entre *Le Colonel Chabert* et *Le Misanthrope* (voir, ci-après, « Pistes de recherches »).

4 - *Rêverie de Derville*
de « Il se mit à étudier la position de la comtesse... » à « ... rire et s'amuser ».

pp. 63-67

Ce passage s'inscrit après la mention de la « méditation » de Derville. Le narrateur nous fournit les informations nécessaires pour situer socialement et historiquement le couple Ferraud. Cela lui donne l'occasion de faire des commentaires sur la Restauration. Le romancier apparaît donc comme un dispensateur de savoir et comme un interprète des événements replacés dans leur contexte. Il entend faire œuvre d'historien des mœurs en les reliant à la marche de l'Histoire. Le comte et la comtesse deviennent des types sociaux grâce auxquels nous comprenons les changements intervenus depuis la chute de l'Empire. La rêverie de Derville se déroule fictivement pendant cette intervention du narrateur, laquelle tient lieu en quelque sorte de cette méditation. En rendant le point de vue à Derville immédiatement après, le narrateur montre que d'une certaine façon il s'est confondu avec son personnage, qui rassemblait tout ce qu'il sait sur le couple Ferraud, ce qui va lui permettre de proposer une solution.

5 - *Retrouvailles*
de « Le pauvre colonel... »
à « ... je ne le dois pas ».

pp. 76-84

Il s'agit là de la scène cruciale : les retrouvailles de Chabert et de son épouse. Moment intensément dramatique, cet épisode est potentiellement pathétique, et le romancier ne se prive pas de jouer à fond cette carte. On remarquera que la comtesse fait preuve d'une grande habileté mais le narrateur indique à plusieurs reprises que sa souffrance est authentique. Il est vrai qu'elle se trouve dans une situation particulièrement délicate.

Le sommet pathétique est la présentation des enfants à Chabert. Le colonel fait preuve de sensibilité et la comtesse exploite supérieurement ce qui dans un tel contexte est une faiblesse. Chabert est prêt à se retirer. La comtesse a remporté la partie.

∞ **6 - _Une leçon de morale_** de « Quand le soldat fut reconduit au greffe… » à « … l'avoué du comte Chabert ».	pp. 89-91

Le dénouement de cette histoire se déroule en deux phases : l'arrestation de Chabert qui a perdu jusqu'à son nom pour devenir Hyacinthe et sa fin à l'hospice. Nous sommes ici dans la première phase. C'est l'occasion pour le narrateur de déléguer sa parole à la figure de l'auteur, qui expose ce que l'antichambre du greffe révèle sur la société. On appelle ce type d'intervention le discours auctorial, qui fonctionne ici comme une sorte de digression. La narration elle-même fait accéder Chabert à la grandeur stoïque et lui fait énoncer un point de vue misanthropique. Le héros donne une leçon morale aussi édifiante que le courage dont il a fait preuve lors de sa résurrection à Eylau. L'état dans lequel il se trouve réduit vaut dénonciation de la société qui condamne ainsi des êtres nobles à la déchéance.

• **LES THÈMES CLÉS**

Le roman combine les thèmes de la vie militaire, de la vie privée, de la vie sociale. Voir, ci-dessus, « Objectifs d'écriture ».

On ajoutera que ce roman illustre bien la mission que Balzac s'assigne : montrer le fonctionnement social à l'aide de destins individuels, suffisamment développés et analysés pour rendre les personnages intéressants et suffisamment représentatifs pour que le lecteur tire les conclusions qui s'imposent.

III - POURSUIVRE

• LECTURES CROISÉES

1. En dépit de son titre, *Le Colonel Chabert* ne figure pas dans les *Scènes de la vie militaire*, mais dans celles de la vie privée. On peut cependant croiser ce roman avec ceux où Balzac évoque la figure de Napoléon (voir, ci-après, « Pistes de recherches »).

2. On peut comparer la figure de la comtesse Ferraud avec Fœdora dans *La Peau de chagrin* (Pocket Classiques, n° 6017) et les personnages féminins de plusieurs scènes de la vie privée : Mme de Restaud dans *Gobseck*, Mme d'Espard dans *L'Interdiction* par exemple.

• PISTES DE RECHERCHES

1. Une comparaison souvent faite rapproche *Le Colonel Chabert* du *Misanthrope* de Molière (voir « Parcours critique », ci-après). On peut comparer Chabert et Alceste, en remarquant que tous deux perdent leur procès alors que la justice devrait reconnaître leurs droits, qu'ils sont tous deux victimes d'une douloureuse contradiction entre le dégoût qu'ils éprouvent pour l'humanité et l'amour qu'ils continuent de ressentir pour une mondaine et qu'ils choisissent tous deux de se retirer hors du monde.

   On montrerait ainsi que Chabert va plus loin qu'Alceste dans la dénonciation. Alceste conserve son rang et sa fortune. Chabert perd pratiquement tout. Alceste se réfugie dans son château de province, dans cette campagne que l'on appelle le désert. Peut-être y deviendra-t-il un moraliste, auteur de maximes. Chabert, après avoir été condamné pour vagabondage, finit gâteux à l'hospice de Bicêtre. Le désenchantement qu'exprime et qu'incarne Alceste démonte certains mécanismes d'une société déjà transformée par l'argent, la police et l'intrigue, le tout dans une atmosphère d'hypocrisie généralisée. Chabert est victime de la création sociale entière, où il est moins question de nature humaine que de fonctionnement d'un ordre. Comme le dit Pierre Barbéris, « le fait divers devient philosophie » (Introduction à l'édition de la Pléiade, p. 308).

2. Dans cette perspective théâtrale, on peut étudier la construction dramatique du roman, en mettant en évidence les temps forts, par exemple la scène de la « résurrection » de Chabert à Eylau.

3. Pour compléter cette approche, il serait utile d'étudier les retours en arrière et les ellipses temporelles.

4. Le thème du retour du soldat permet une traversée des milieux sociaux. On peut étudier la peinture de ces différents milieux, et celle des lieux, comme l'étude de maître Derville.

5. Le thème du revenant : Ulysse, Richard Cœur de Lion, Monte-Cristo…

6. La folie dans le roman : menace pour Chabert, présence dans le dénouement.

7. Le personnage du notaire. À titre informatif, on peut rappeler les éléments suivants : Balzac a failli être notaire, comblant ainsi le rêve de sa mère. Après ses études secondaires, il s'inscrit en 1816 à la faculté de droit, tout en entrant comme « petit clerc » chez un avocat, Me Guillonnet-Merville, où on le surnomme « l'Éléphant », et, dix-huit mois plus tard, chez un tabellion, Me Édouard-Victor Passez, dont l'étude se trouve dans l'immeuble où habite sa famille. Il passe trois ans dans la basoche et obtient son premier baccalauréat en droit. Au printemps 1819, le jeune Honoré renonce à gâcher sa plume sur des actes et mémoires, mais cette expérience se retrouve dans les romans, mise au service du rôle dévolu aux nombreux notaires et avoués, dont les études abritent les secrets des familles de *La Comédie humaine*. Liés au monde de l'argent, se lançant dans des opérations légales ou frauduleuses (Roguin dans *César Birotteau*), ils peuvent succomber aux passions, comme Cardot, qui entretient la voluptueuse Malaga (*La Muse du département*, 1843), ou demeurer des hommes de confiance, tels Léopold Hannequin ou Alexandre Crottat. Il existe deux sortes d'avoués, l'honnête, « qui conseille ses clients avec loyauté », et le famélique, « à qui tout est bon pourvu que les frais soient assurés » (*La Maison Nucingen*, 1838). Homme probe, rompu à la finesse des affaires, témoin des turpitudes du monde, époux de Fanny Malvaud, une petite ouvrière, Derville, dont on suit la carrière de *Gobseck* aux *Employés* (1838) en passant par *Le Colonel Chabert*, est en outre un brillant causeur, comme le retors et douteux Desroches (*L'Interdiction*, 1836).

8. La bataille d'Eylau dans l'histoire.

9. Napoléon et la légende impériale dans *La Comédie humaine*. Napoléon occupe une place majeure dans l'œuvre romanesque de Balzac. Même s'il n'y apparaît pas souvent comme personnage,

il en influence l'économie et la thématique générales. Dès sa jeunesse, l'écrivain avait collé sur le socle d'un buste en plâtre de l'Empereur ce programme prométhéen : « Ce qu'il a entrepris par l'épée, je l'accomplirai par la plume », et on peut comparer *La Comédie humaine* à la Grande Armée du roman, même si les *Scènes de la vie militaire* ne comptent que deux textes achevés (*Les Chouans*, dont le pendant, *Les Vendéens*, manque, et la nouvelle à vrai dire fort peu militaire d'*Une passion dans le désert*, 1830). Promoteur de l'énergie individuelle, grand homme de l'histoire, nouvel Alexandre, génie de l'organisation, Napoléon s'impose comme l'instigateur principal de cette société imaginaire aux 2 500 personnages qui imite et interprète la société réelle forgée par la Révolution et par l'Empire. Après avoir étendu son ombre sur *Les Chouans* (1829) (Pocket Classiques, n° 6064), Bonaparte fait son entrée comme personnage en 1830 dans une histoire corse, *La Vendetta*. À la veille d'Iéna, Napoléon rencontre au bivouac Laurence de Saint-Cygne dans *Une ténébreuse affaire* (1843) (Pocket Classiques, n° 6112), confrontation sublime entre la combattante royaliste venue plaider la cause de ses nobles complices et le chef de la France nouvelle, qui accorde sa grâce à condition que ses adversaires rejoignent ses armées. Le vieux grognard Goguelat raconte la légende populaire de l'Empereur dans *Le Médecin de campagne* (Pocket Classiques, n° 6192), et l'écrivain Canalis prononce son éloge dans *Autre étude de femme* (1842) : « Un homme qui pouvait tout faire parce qu'il voulait tout, […] qui avait dans la tête un code et une épée, la parole et l'action. »

Un an avant *Le Médecin de campagne*, le souvenir de Napoléon hante donc ces pages (notamment à travers le personnage de l'ancien soldat Vergniaud) ; tout ce que le romancier voulait dire de la gloire impériale autour du projet de *La Bataille* (celle de Wagram, dont il visita le site en 1835) resta lettre morte, et le vrai fragment militaire, dans *La Comédie humaine*, est toujours adjacent (Iéna dans *Une ténébreuse affaire*, 1843 ; la Bérézina dans *Adieu*, 1830). Patrick Rambaud a repris à son compte le projet de *La Bataille*, roman publié chez Grasset qui lui a valu le prix Goncourt en 1997.

• **PARCOURS CRITIQUE**

Sans être le roman de Balzac le plus étudié, *Le Colonel Chabert* a donné lieu à des commentaires précieux, outre l'illustration qu'il apporte à tel ou tel aspect des grandes synthèses consacrées à l'œuvre du romancier. Parmi les travaux les plus décisifs, on peut citer ceux de Pierre Barbéris :

« Le procès d'Alceste n'était pas au centre de la pièce dans *Le Misanthrope* ; celui de Chabert est, pour lui, l'équivalent du retour d'Oreste à Argos : à sa manière, Chabert reprend le "j'ai tort ou j'ai raison" d'Alceste, qui déjà refusait toute transaction, mais il s'agit, cette fois, de l'essentiel. L'appareil de la Justice n'est plus dans un coin du tableau, mais au centre même ; il est devenu la matière même de la littérature, parce qu'il constitue l'arme suprême des nouveaux rapports sociaux. [...] Le roman moderne et bourgeois est sous-tendu par toute une armature juridique de droit, d'avoir, d'opérations en partie double. Voilà qui compte infiniment plus que les petits souvenirs personnels, lesquels servent seulement à armer une signification plus large. Voilà aussi qui montre l'insuffisance de toute interprétation "psychologique" du colonel Chabert » (Introduction au roman, *La Comédie humaine*, Bibliothèque de la Pléiade, 1976, tome III, p. 307).

• UN LIVRE / UN FILM

Adapté en 1911 (France), 1922 (Italie), 1932 (Allemagne) et 1943 (film de René Le Hénaff, adaptation de Pierre Benoit, avec Raimu dans le rôle-titre et Marie Bell dans celui de la comtesse Ferraud), le roman de Balzac a donné lieu à une version récente due à Yves Angelo, avec Gérard Depardieu dans le rôle-titre, Fanny Ardant dans celui de la comtesse et Fabrice Lucchini dans celui du notaire Derville.

Excellente transposition sur le plan esthétique, plus contestable pour ce qui est des significations, ce film confère à l'ex-épouse de Chabert une dimension plus pathétique que celle du roman, en en faisant une femme soucieuse avant tout de protéger son foyer et ses enfants.

On comparera le roman avec le synopsis du film tel que le résume Canal + dans une récente diffusion :

« Évincé cinq fois, l'homme étrange que le grouillot de l'étude surnomme l'Épouvantail se présente à nouveau chez l'avoué Derville. Lourde carcasse, sans âge et presque sans regard sous le large bord du chapeau, l'obstiné visiteur obtient cette fois le rendez-vous souhaité. À une heure du matin, comme convenu, il se présente pour raconter longuement son histoire.

Incroyable récit qui détermine cependant le sceptique Derville à défendre celui qui se prétend le colonel Chabert, officiellement mort dix ans plus tôt à la tête de son escadron de cuirassiers, en tête de la célèbre charge de la bataille d'Eylau.

Un mort peut-il ainsi ressusciter ?

Peut-on survivre à dix années de misère en pays ennemis, dix années de faim et de fuite, passant d'un hôpital dans l'autre et pire d'un asile dans l'autre ?

Joueur, Derville veut "voir" comme disent nos modernes assidus des tables de poker. Et ce qu'il découvre le convainc rapidement de la véracité du récit de Chabert.

Dès lors, l'avoué devient arbitre d'un duel opposant deux de ses clients : d'une part le colonel, d'autre part sa "veuve", devenue l'épouse du comte Ferraud, conseiller d'État que fascine le titre de pair de France. Qui l'emportera de l'homme dépossédé, rejeté, trahi, ou de la femme avide, rusée, et finalement si vulnérable ? Car l'apparition de l'ancien époux peut sembler providentielle au nouveau mari en le libérant de la chaîne conjugale qui fait obstacle à son ambition.

C'est dans le tête-à-tête entre la comtesse et le colonel Chabert que se dénouera dramatiquement l'intrigue tissée par l'incomparable Honoré de Balzac. »

DOSSIER HISTORIQUE ET LITTÉRAIRE

REPÈRES BIOGRAPHIQUES 97

LES LIEUX DE L'ACTION 103
   1. Les Enfants-Trouvés et Bicêtre (S. Mercier) 103
   2. Le faubourg Saint-Marcel (S. Mercier) 108
   3. Les masures de la barrière d'Italie (V. Hugo) 110
   4. Les égouts (V. Hugo) 113
   5. La Chaussée-d'Antin (F. et L. Lazare) 115

DES PERSONNAGES BALZACIENS 119
   1. « Une femme comme il faut » (*Les Français peints par eux-mêmes*) 119
   2. La marquise d'Espard (*L'Interdiction*) 122
   3. Crevel (*La Cousine Bette*) 123
   4. Hulot (*La Cousine Bette*) 125
   5. Ferragus (*Ferragus*) 127
   6. Goriot (*Le Père Goriot*) 131

LE COLONEL CHABERT ET LE THÉÂTRE 135
   1. *Le Misanthrope* (Molière) 136
   2. *Chabert* (pièce théâtrale) 138

BIBLIOGRAPHIE 141

FILMOGRAPHIE 142

REPÈRES BIOGRAPHIQUES

1799   Le 20 mai, naissance à Tours d'Honoré Balzac, fils de Bernard-François Balzac, alors âgé de 53 ans, et d'Anne-Charlotte-Laure Sallambier, âgée de 21 ans. Il est mis en nourrice à Saint-Cyr-sur-Loire.

1800   Le 29 septembre, naissance de Laure-Sophie Balzac, sœur d'Honoré. Elle le rejoint à Saint-Cyr-sur-Loire chez la nourrice.

1802   Le 18 avril, naissance de Laurence Balzac, seconde sœur d'Honoré, déclarée fille légitime de Bernard-François *de* Balzac.

1804-1807   Honoré est externe à la pension Le Guay à Tours.

1807   Naissance d'Henry-François Balzac ; dernier enfant des parents de Balzac, il n'est en fait que le demi-frère des précédents (fils naturel de Jean de Margonne, châtelain de Saché).

1807-1813   Honoré est pensionnaire au collège de Vendôme (il évoquera ses souvenirs dans *Louis Lambert*).

1814   Honoré est pensionnaire à l'institution Ganser, rue de Thorigny à Paris, dans le quartier du Marais, puis élève à l'institution Lepître, rue Saint-Louis (notre actuelle rue de Turenne), dans le même quartier (où la famille vient de s'installer, 40, rue du Temple).

1816-1817   Ses études secondaires achevées, Balzac entre comme clerc d'avoué chez J.-B. Guillonnet-Merville (1773-1855) et prend une inscription à la faculté de droit. Il suit, parallèlement, des cours à la Sorbonne et au Muséum.

1818   Balzac devient clerc de notaire chez maître Victor Pas-
       sez, au Marais, et commence sa troisième année de droit
       sans enthousiasme. Tenté par la philosophie, il entre-
       prend la rédaction d'un essai, l'*Immortalité de l'âme*.

1819   Balzac refuse de devenir notaire et, installé dans une
       mansarde de la rue Lesdiguières (près de l'Arsenal),
       rédige une *Dissertation sur l'homme*, songe à divers pro-
       jets de pièces de théâtre et commence une tragédie :
       Cromwell.

1820   Balzac achève son *Cromwell*, tragédie en cinq actes et
       en vers, et s'installe à Villeparisis où réside la famille
       depuis 1819. Il entreprend sans les achever deux
       romans : *Falthurne* et *Sténie*.

1822   Les premiers romans de Balzac paraissent sous divers
       pseudonymes. *L'Héritière de Birague*, par « A. de Vieil-
       lerglé et Lord R'Hoone » ; *Jean-Louis* et *Clotilde de
       Lusignan*, par « Lord R'Hoone » ; *Le Centenaire* et *Le
       Vicaire des Ardennes*, par « Horace de Saint-Aubin ».
       Début de la liaison de Balzac avec Laure de Berny
       (1777-1836).

1826   Balzac obtient un brevet d'imprimeur et s'installe 17,
       rue des Marais-Saint-Germain (notre actuelle rue Vis-
       conti), dans une imprimerie achetée grâce à des prêts.

1828   Retour à la littérature. Balzac s'installe 1, rue Cassini.
       Liquidation de l'imprimerie. Ébauche d'un roman his-
       torique qui deviendra *Les Chouans*.

1829   Balzac rédige et publie les premiers ouvrages signés de
       son nom : *Le Dernier Chouan ou la Bretagne en 1800*,
       par « Monsieur Honoré Balzac », *La Physiologie du
       mariage*. Il travaille à plusieurs nouvelles qui prendront
       place dans les *Scènes de la vie privée*.
       Son père meurt le 19 juin.

1830   Intense activité journalistique et littéraire. Balzac col-
       labore au *Feuilleton des journaux politiques*, à *La
       Silhouette*, au *Voleur*, à *La Caricature*, et publie des
       nouvelles dans différentes revues. En avril, les *Scènes
       de la vie privée* sont mises en vente chez l'éditeur Louis
       Mame. Elles comportent six nouvelles : *La Vendetta,
       Les Dangers de l'inconduite* (= *Gobseck*), *Le Bal de
       Sceaux, Gloire et malheur* (= *La maison du chat-qui-*

pelote), *La Femme vertueuse* (= *Une double famille*), *La Paix du ménage*.

1831 *La Peau de chagrin* et les *Études philosophiques* consacrent la réputation d'écrivain de Balzac qui fréquente les salons à la mode et continue de publier contes et nouvelles, en revues (notamment *Le Chef-d'œuvre inconnu*, paru dans *L'Artiste*, fondé la même année).

1832 Premiers échanges de lettres avec « l'Étrangère » : Ève Hanska, née comtesse Rzewuska, polonaise. La collaboration aux revues demeure active. *La Transaction* (premier titre du futur *Colonel Chabert*) paraît en feuilleton dans *L'Artiste* du 19 février au 11 mars et le premier dizain des *Contes drolatiques* en librairie, chez Gosselin.

1833 Année décisive pour Balzac. Il conçoit un vaste ensemble : les *Études de mœurs au XIXᵉ siècle* qui seront la première assise de *La Comédie humaine*.
La correspondance avec Mᵐᵉ Hanska se poursuit activement. Il la rencontre pour la première fois à Neufchâtel en septembre, la retrouve à Genève en décembre. Ce même mois commencent à paraître les *Études de mœurs au XIXᵉ siècle*. Elles comprennent les *Scènes de la vie de province* (qui seront suivies des *Scènes de la vie parisienne* et des *Scènes de la vie privée* durant les deux années suivantes).

1834 *Le Père Goriot* commence à paraître dans la *Revue de Paris* (il sera publié en librairie l'année suivante). Balzac conçoit l'idée du retour des personnages utilisés dans les romans antérieurs.

1835 Balzac s'installe à Chaillot, rejoint Mᵐᵉ Hanska à Vienne en mai-juin.
La Comtesse à deux maris (second titre du futur *Colonel Chabert*) figure au tome IV des *Scènes de la vie parisienne*. *Le Lys dans la vallée* paraît dans la *Revue de Paris*.

1836 Mᵐᵉ de Berny meurt en juillet tandis que Balzac voyage en Italie.
Balzac dirige la *Chronique de Paris* où il publie deux nouvelles : *La Messe de l'athée* et *L'Interdiction*.

1837-1838   Voyages en Italie. Balzac s'installe aux Jardies, à Sèvres. Il publie *César Birotteau, Les Employés, La Maison Nucingen*.

1840   Balzac s'installe à Passy, rue Basse (la maison, devenue musée Balzac, existe encore 47, rue Raynouard).
             Le titre de *Comédie humaine* apparaît pour la première fois dans une lettre de Balzac.

1841   Mort du comte Hanski, mari de Mme Hanska (Balzac, apprenant cette mort l'année suivante, rêvera dès lors d'un mariage).
             Signature d'un traité avec Furne, Hetzel, Paulin et Dubochet pour la publication de ses œuvres.

1842   *La Comédie humaine* commence à paraître (elle comportera 16 volumes de 1842 à 1846). « L'Avant-propos » est écrit en juillet. En novembre, le troisième volume est complet.

1843   Voyage à Saint-Pétersbourg où Balzac revoit Mme Hanska après huit ans de séparation. Sa santé se détériore.
             Publication des tomes V, VI et VIII de *La Comédie humaine*, par Furne et Hetzel.

1844   Année de travail. Balzac ne quitte guère sa maison de Passy. Il rêve de plus en plus d'un mariage avec Mme Hanska, à qui il écrit presque quotidiennement.
             Publication des tomes VII, IX, X et du début du tome XI de *La Comédie humaine*.

1845   Ralentissement de la production balzacienne. L'écrivain voyage dans différents pays d'Europe avec Mme Hanska. Achèvement des tomes IV et XI de *La Comédie humaine* en février. Correction des tomes XIII, XIV, XV et XVI.

1846   Furne annonce l'achèvement de l'édition en 16 volumes de *La Comédie humaine*.
             Balzac effectue son cinquième voyage en Italie. À Rome, il retrouve Mme Hanska.
             Acquisition d'une maison rue Fortunée (notre actuelle rue Balzac) en vue du mariage avec Mme Hanska.

Mise en vente des tomes XII, XIV, XV, XVI de *La Comédie humaine* en août. Le tome IV, la fin du tome XI et le tome XII seront mis en vente un peu plus tard.

1847 Mme Hanska accepte de venir retrouver Balzac à Paris, de février à mai. En avril, déménagement de la rue Basse à la rue Fortunée où Balzac s'occupe beaucoup de l'aménagement de son hôtel.

En septembre, il quitte Paris pour Wierzchownia (en Ukraine) où réside Mme Hanska. Il y restera jusqu'en janvier 1848.

1848 Réaction négative de Balzac aux révolutions de 1848 qui bouleversent ses projets. Il a quitté Wierzchownia fin janvier ; malade et découragé, il rêve avant tout d'y retourner. Rêve accompli début octobre : il restera en Ukraine jusqu'à la fin de l'année.

Les Parents pauvres (*Le Cousin Pons* et *La Cousine Bette*) sont mis en vente, enrichissant d'un volume supplémentaire (le 22e) *La Comédie humaine*.

1849 Balzac passe l'année en Ukraine. Il souffre beaucoup d'une « hypertrophie du cœur ». Il ne parvient plus à travailler.

1850 Le 14 mars, Balzac épouse enfin Mme Hanska à Bertditcheff. Ils regagnent tous deux la France en mai après un épuisant voyage. Balzac, dont l'état s'aggrave au fil des jours, meurt le dimanche 18 août. Ses obsèques ont lieu le 21 août. Au Père-Lachaise, c'est Victor Hugo qui prononce l'éloge funèbre de l'écrivain dont il salue le génie.

LES LIEUX DE L'ACTION

Les lieux hantés par le « revenant Chabert » sont marqués du sceau de l'histoire et de la misère. Ils semblent parfois préfigurer ceux qu'évoquera Victor Hugo dans Les Misérables *: faubourg Saint-Marceau, masure Gorbeau, lisières de la ville et fange obsédante où « s'abîment » les êtres. Topographie et symbole se superposent. L'antichambre du Greffe, « pièce obscure et puante » où le vieux soldat-vagabond attend son jugement, est le « rendez-vous de toutes les misères sociales » : « terrible égout » qui déjà est « la conscience de la ville », tout comme ces autres « gouffres » de l'espèce humaine que sont l'hospice des Enfants-Trouvés et celui de Bicêtre, « terrible ulcère » qu'on ne peut regarder en face sans horreur et pitié.*

1. LES ENFANTS-TROUVÉS ET BICÊTRE

L'hospice des Enfants-Trouvés *où Chabert a commencé sa vie et celui de* Bicêtre *où il l'achève, vus par Louis Sébastien Mercier dans* Le Tableau de Paris *(cet ouvrage en six tomes publié entre 1781 et 1788 connut un grand succès et il a inspiré beaucoup d'écrivains du XIXe siècle, notamment Balzac et Hugo).*

• Les Enfants-Trouvés

L'hôpital des Enfants-Trouvés est un autre gouffre, qui ne rend pas la dixième partie de l'espèce humaine qu'on lui confie. Dans la province de Normandie on a calculé, d'après l'expérience de dix ans, qu'il mourait cent quatre enfants sur cent huit. Voyez *La Gazette des Deux-Ponts* du 9 avril 1771 ; le résultat s'est trouvé à peu près pareil dans plusieurs provinces du royaume.

Sept à huit mille enfants légitimes ou illégitimes arrivent tous les ans à l'hôpital de Paris, et leur nombre augmente chaque année. Il y a donc sept mille pères malheureux, qui renoncent au sentiment le plus cher au cœur de l'homme. Ce cruel abandon que combat la nature annonce une foule de nécessiteux ; et ce fut de tout temps l'indigence qui causa la plupart des désordres trop généralement attribués à l'ignorance et à la barbarie des hommes.

Dans les pays où le peuple jouit d'une certaine aisance, les citoyens même des dernières classes sont fidèles à la loi de la nature ; la misère ne fit et ne fera jamais que de mauvais citoyens.

À ne considérer que les causes ordinaires qui précipitent les enfants dans ce malheureux gouffre, mille raisons pressantes excusent une grande partie de ceux qui ont eu le malheur de se trouver réduits à cette cruelle nécessité. Les calamités nationales ont épuisé peu à peu les forces et les ressources du corps politique ; mais il est une foule de causes secondes, qu'il sera très aisé de démêler, pour peu qu'on veuille réfléchir sur la constitution politique de la capitale.

La difficulté de vivre s'y fait sentir de plus en plus. Quelque envie qu'aient tous les individus de se procurer de quoi subsister honnêtement, il ne leur est plus également possible d'y parvenir. Et comment songer à la subsistance des enfants, quand celle qui accouche est elle-même dans la misère, et ne voit de son lit que des murailles dépouillées ?

Le quart de Paris ne sait pas bien sûrement la veille si ses travaux lui fourniront de quoi subsister le lendemain. Faut-il être étonné qu'on se porte au mal moral, quand on ne connaît que le mal physique ?

En tout temps, à toutes les heures du jour et de la nuit, sans question et sans formalité, on reçoit tous les enfants nouveau-nés qu'on présente à cet hôpital.

Ce sage établissement a prévenu et empêché mille crimes secrets : l'infanticide est aussi rare qu'il était commun autrefois ; ce qui prouve que la législation change totalement les mœurs d'un peuple.

Une fille qui a eu une faiblesse la dérobe à tous les regards ;

elle n'en porte point la peine. Je crois qu'on a mis le liberti-
nage un peu plus à son aise ; d'accord, mais, outre qu'il est
des inconvénients inséparables de toute grande société et qu'il
serait inutile de vouloir anéantir, on a paré à une multitude
de malheurs, de scandales et de forfaits.

On avait proposé de faire de tous ces enfants trouvés autant
de soldats. Projet barbare ! Parce qu'on a nourri un enfant,
a-t-on le droit de le dévouer à la guerre ? Ce serait une charité
bien inhumaine que celle qui l'élèverait pour lui redemander
son sang et lui ôter la liberté malgré lui. Nul ne doit naître
soldat que tous les citoyens ne le soient indistinctement.

La tendresse maternelle s'éteignait devant le fatal point
d'honneur, lorsque le généreux saint Vincent de Paul (qui
mériterait un éloge de la main du panégyriste de Descartes
et de Marc Aurèle) offrit un asile à ces innocentes victimes
qui doivent le jour à la faiblesse, à la séduction ou au liberti-
nage.

J'ai dit que le nombre des enfants trouvés montait à sept
mille par année ; mais il faut observer qu'un grand nombre
de ces enfants viennent de la province. Là, quand une fille
devient mère, elle fait partir secrètement l'enfant qu'elle craint
de conserver, et que dans toute autre circonstance elle eût
idolâtré.

Ce malheureux enfant, qui perdrait celle qui lui a donné
le jour, exilé par le préjugé au moment de sa naissance, est
recueilli de lieue en lieue, par des mains mercenaires. Hélas !
c'est peut-être un *Corneille*, un *Fontenelle*, un *Le Sueur*, qui
dans ce transport va succomber à l'intempérie des saisons,
aux fatigues du voyage ; l'oserai-je dire, au défaut de la nour-
riture ; et, ce qu'il y a d'incroyable, c'est que ce même enfant,
venu de Normandie ou de Picardie à travers mille dangers,
y retournera le soir même de son arrivée à Paris, parce que
le sort lui aura donné à la *crèche* une nourrice normande ou
picarde.

C'est un homme qui apporte sur son dos les enfants
nouveau-nés, dans une boîte matelassée, qui peut en contenir
trois. Ils sont debout dans leur maillot, respirant l'air par en
haut. L'homme ne s'arrête que pour prendre ses repas et leur
faire sucer un peu de lait. Quand il ouvre sa boîte, il en trouve
souvent un de mort ; il achève le voyage avec les deux autres,
impatient de se débarrasser du dépôt. Quand il l'a déposé à
l'hôpital, il repart sur-le-champ pour recommencer le même
emploi, qui est son *gagne-pain*.

Presque tous les enfants qu'on transporte de Lorraine par Vitry périssent dans cette ville. Metz a vu dans une seule année neuf cents enfants exposés. Quelle matière à réflexion !

Il serait temps de chercher un remède à ce mal. Ou il faudrait cesser de mésestimer la fille honnête et courageuse qui nourrirait de son lait son enfant, et rachèterait ainsi sa faute par tous les soins maternels ; ou il faudrait épargner à ces enfants ce transport pénible, qui en moissonne le tiers, tandis qu'un autre tiers périt avant l'âge de cinq ans.

En Prusse, toutes les filles nourrissent leurs enfants, et publiquement. Il serait puni, celui qui les offenserait de paroles dans cette auguste fonction de la nature. On s'accoutume à ne voir plus en elles que des mères : voilà ce qu'a fait un roi philosophe ; voilà comme il a donné des idées saines à la nation.

On avait proposé de substituer au lait de femme celui de chèvre et de vache : le Nord se trouve très bien de ce système. Pourquoi ne profiterions-nous pas de l'idée que nous avons donnée aux nations étrangères ? Elles savent mettre en pratique ce que nous imaginons infructueusement.

• Bicêtre

Ulcère terrible sur le corps politique ; ulcère large, profond, sanieux, qu'on ne saurait envisager qu'en détournant les regards. Jusqu'à l'air du lieu, que l'on sent à quatre cents toises, tout vous dit que vous approchez d'un lieu de force, d'un asile de misère, de dégradation, d'infortune.

Bicêtre sert de retraite à ceux que la fortune ou l'imprévoyance ont trompés, et qui étaient forcés d'aller mendier le soutien de leur dure et pénible existence. C'est encore une maison de force, ou plutôt de tourments, où l'on entasse ceux qui ont troublé la société.

Trop grande lèpre pour le point de la capitale ! Ce nom de Bicêtre est un mot que personne ne peut prononcer sans je ne sais quel sentiment de répugnance, d'horreur et de mépris. Comme il est devenu le réceptacle de tout ce que la société a de plus immonde, de plus vil, et qu'il n'est presque composé que de libertins de toute espèce, d'escrocs, de mouchards, de filous, de voleurs, de faux monnayeurs, de pédérastes, etc., l'imagination est blessée dès qu'on profère ce mot qui rappelle toutes les turpitudes.

On est fâché de voir sur le même point et tout à côté de ces vagabonds les épileptiques, les imbéciles, les fous, les vieillards, les gens mutilés : on les appelle *bons pauvres* ; mais il semble qu'ils devraient être séparés de cette foule de coquins qui inspirent encore plus l'indignation que la pitié.

Parlant à un de ces *bons pauvres* je lui dis : « Que désireriez-vous, mon ami ? — Oh, monsieur, si j'avais seulement un sou à dépenser par jour ! — Eh bien ? — Nous ne coucherions plus que trois. — Et si vous aviez deux sous ? — Oh ! je boirais du vin deux fois la semaine. — Et si vous aviez trois sous ? — Oh ! je mangerais un peu de viande tous les trois jours !... »

2. LE FAUBOURG SAINT-MARCEL

Le faubourg Saint-Marceau (ou Saint-Marcel) où loge Chabert hébergé par le « nouriceure » Vergniaud est lui aussi évoqué par Louis Sébastien Mercier dans Le Tableau de Paris.

• Le faubourg Saint-Marcel

C'est le quartier où habite la populace de Paris, la plus pauvre, la plus remuante et la plus indisciplinable. Il y a plus d'argent dans une seule maison du faubourg Saint-Honoré que dans tout le faubourg Saint-Marcel, ou Saint-Marceau, pris collectivement.

C'est dans ces habitations éloignées du mouvement central de la ville que se cachent les hommes ruinés, les misanthropes, les alchimistes, les maniaques, les rentiers bornés, et aussi quelques sages fastidieux, qui cherchent réellement la solitude et qui veulent vivre absolument ignorés et séparés des quartiers bruyants des spectacles. Jamais personne n'ira les chercher à cette extrémité de la ville : si l'on fait un voyage dans ce pays-là, c'est par curiosité ; rien ne vous y appelle ; il n'y a pas un seul monument à y voir ; c'est un peuple qui n'a aucun rapport avec les Parisiens, habitants polis des bords de la Seine.

Ce fut dans ce quartier que l'on dansa sur le cercueil du diacre Pâris, et qu'on mangea de la terre de son tombeau, jusqu'à ce qu'on eût fermé le cimetière :

> De par le roi, défense à Dieu
> De faire miracle en ce lieu.

Les séditions et les mutineries ont leur origine cachée dans ce foyer de la misère obscure.

Les maisons n'y ont point d'autre horloge que le cours du soleil ; ce sont des hommes reculés de trois siècles par rapport aux arts et aux mœurs régnantes. Tous les débats particuliers y deviennent publics ; et une femme mécontente de son mari plaide sa cause dans la rue, le cite au tribunal de la popu-

lace, attroupe tous les voisins, et récite la confession scan-
daleuse de *son homme*. Les discussions de toute nature
finissent par de grands coups de poing ; et le soir on est
raccommodé, quand l'un des deux a eu le visage couvert
d'égratignures.

Là, tel homme enfoncé dans un galetas se dérobe à la police
et aux cent yeux de ses argus, à peu près comme un insecte
imperceptible se dérobe aux forces réunies de l'optique.

Une famille entière occupe une seule chambre, où l'on voit
les quatre murailles, où les grabats sont sans rideaux, où les
ustensiles de cuisine roulent avec les vases de nuit. Les meubles
en totalité ne valent pas vingt écus ; et tous les trois mois les
habitants changent de trou, parce qu'on les chasse faute de
paiement du loyer. Ils errent ainsi, et promènent leurs misérables meubles d'asile en asile. On ne voit point de souliers
dans ces demeures ; on n'entend le long des escaliers que le
bruit des sabots. Les enfants y sont nus et couchent pêle-
mêle.

C'est ce faubourg qui, le dimanche, peuple Vaugirard et
ses nombreux cabarets ; car il faut que l'homme s'étourdisse
sur ses maux ; c'est lui surtout qui remplit le fameux *salon
des gueux*. Là dansent sans souliers et tournoyant sans cesse
des hommes et des femmes qui, au bout d'une heure, soulè-
vent tant de poussière qu'à la fin on ne les aperçoit plus.

Une rumeur épouvantable et confuse, une odeur infecte,
tout vous éloigne de ce salon horriblement peuplé et où, dans
les plaisirs faits pour elle, la populace boit un vin aussi désagréable que tout le reste.

Ce faubourg est entièrement désert les fêtes et les diman-
ches. Mais, quand Vaugirard est plein, son peuple reflue au
Petit-Gentilly, aux Porcherons et à la Courtille : on voit le
lendemain, devant les boutiques des marchands de vin, les
tonneaux vides et par douzaines. Ce peuple boit pour huit
jours.

Il est, dans ce faubourg, plus méchant, plus inflammable,
plus querelleur et plus disposé à la mutinerie que dans les
autres quartiers. La police craint de pousser à bout cette populace ; on la ménage, parce qu'elle est capable de se porter
aux plus grands excès.

3. LES MASURES DE LA BARRIÈRE D'ITALIE

La masure Gorbeau *des* Misérables *rappelle celle du « nou-riceure »* Vergniaud *située dans le même quartier, celui de la « barrière d'Italie ».*

Il y a quarante ans, le promeneur solitaire qui s'aventurait dans les pays perdus de la Salpêtrière et qui montait par le boulevard jusque vers la barrière d'Italie, arrivait à des endroits où l'on eût pu dire que Paris disparaissait. Ce n'était pas la solitude, il y avait des passants ; ce n'était pas la campagne, il y avait des maisons et des rues ; ce n'était pas une ville, les rues avaient des ornières comme les grandes routes et l'herbe y poussait ; ce n'était pas un village, les maisons étaient trop hautes. Qu'était-ce donc ? C'était un lieu habité où il n'y avait personne, c'était un lieu désert où il y avait quelqu'un ; c'était un boulevard de la grande ville, une rue de Paris, plus farouche la nuit qu'une forêt, plus morne le jour qu'un cimetière.

C'était le vieux quartier du Marché-aux-Chevaux.

Ce promeneur, s'il se risquait au-delà des quatre murs caducs de ce Marché-aux-Chevaux, s'il consentait même à dépasser la rue du Petit-Banquier, après avoir laissé à sa droite un courtil gardé par de hautes murailles, puis un pré où se dressaient des meules de tan pareilles à des huttes de castors gigantesques, puis un enclos encombré de bois de charpente avec des tas de souches, de sciures et de copeaux au haut desquels aboyait un gros chien, puis un long mur bas tout en ruine, avec une petite porte noire et en deuil, chargé de mousses qui s'emplissaient de fleurs au printemps, puis, au plus désert, une affreuse bâtisse décrépite sur laquelle on lisait en grosses lettres : DÉFENCE D'AFFICHER, ce promeneur hasardeux atteignait l'angle de la rue des Vignes-Saint-Marcel, latitudes peu connues. Là, près d'une usine et entre deux murs de jardins, on voyait en ce temps-là une masure qui, au premier coup d'œil, semblait petite comme une chaumière et qui en réalité était grande comme une cathédrale. Elle se présentait sur la voie publique de côté, par le pignon ; de là son exiguïté apparente. Presque toute la maison était cachée. On n'en apercevait que la porte et une fenêtre.

Cette masure n'avait qu'un étage.

En l'examinant, le détail qui frappait d'abord, c'est que cette porte n'avait jamais pu être que la porte d'un bouge, tandis que cette croisée, si elle eût été coupée dans la pierre de taille au lieu de l'être dans le moellon, aurait pu être la croisée d'un hôtel.

La porte n'était autre chose qu'un assemblage de planches vermoulues grossièrement reliées par des traverses pareilles à des bûches mal équarries. Elle s'ouvrait immédiatement sur un roide escalier à hautes marches, boueux, plâtreux, poudreux, de la même largeur qu'elle, qu'on voyait de la rue monter droit comme une échelle et disparaître dans l'ombre entre deux murs. Le haut de la baie informe que battait cette porte était masqué d'une volige étroite au milieu de laquelle on avait scié un jour triangulaire, tout ensemble lucarne et vasistas quand la porte était fermée. Sur le dedans de la porte un pinceau trempé dans l'encre avait tracé en deux coups de poing le chiffre 52, et au-dessus de la volige le même pinceau avait barbouillé le numéro 50 ; de sorte qu'on hésitait. Où est-on ? Le dessus de la porte dit : au numéro 50, le dedans réplique : non, au numéro 52. On ne sait quels chiffons couleur de poussière pendaient comme des draperies au vasistas triangulaire.

La fenêtre était large, suffisamment élevée, garnie de persiennes et de châssis à grands carreaux ; seulement ces grands carreaux avaient des blessures variées, à la fois cachées et trahies par un ingénieux bandage en papier, et les persiennes, disloquées et descellées, menaçaient plutôt les passants qu'elles ne gardaient les habitants. Les abat-jour horizontaux y manquaient çà et là et étaient naïvement remplacés par des planches clouées perpendiculairement ; si bien que la chose commençait en persienne et finissait en volet.

Cette porte qui avait l'air immonde et cette fenêtre qui avait l'air honnête, quoique délabrée, ainsi vues sur la même maison, faisaient l'effet de deux mendiants dépareillés qui iraient ensemble et marcheraient côte à côte avec deux mines différentes sous les mêmes haillons, l'un ayant toujours été un gueux, l'autre ayant été un gentilhomme.

L'escalier menait à un corps de bâtiment très vaste qui ressemblait à un hangar dont on aurait fait une maison. Ce bâtiment avait pour tube intestinal un long corridor sur lequel

s'ouvraient, à droite et à gauche, des espèces de comparti-
ments de dimensions variées, à la rigueur logeables et plutôt
semblables à des échoppes qu'à des cellules. Ces chambres
prenaient jour sur des terrains vagues des environs. Tout cela
était obscur, fâcheux, blafard, mélancolique, sépulcral ; tra-
versé, selon que les fentes étaient dans le toit ou dans la porte,
par des rayons froids ou par des bises glacées. Une parti-
cularité intéressante et pittoresque de ce genre d'habitation,
c'est l'énormité des araignées.

À gauche de la porte d'entrée, sur le boulevard, à hauteur
d'homme, une lucarne qu'on avait murée faisait une niche
carrée pleine de pierres que les enfants y jetaient en passant.

Une partie de ce bâtiment a été dernièrement démolie.

Victor Hugo, *Les Misérables*, 1862,
deuxième partie, livre IV.

4. LES ÉGOUTS

Le « terrible égout... » dénoncé par Balzac dans Le Colonel
Chabert *prendra sous la plume de Victor Hugo des dimensions épiques.*

L'égout, c'est la conscience de la ville. Tout y converge,
et s'y confronte. Dans ce lieu livide, il y a des ténèbres, mais
il n'y a plus de secrets. Chaque chose a sa forme vraie, ou
du moins sa forme définitive. Le tas d'ordures a cela pour
lui qu'il n'est pas menteur. La naïveté s'est réfugiée là. Le
masque de Basile s'y trouve, mais on en voit le carton, et les
ficelles, et le dedans comme le dehors, et il est accentué d'une
boue honnête. Le faux nez de Scapin l'avoisine. Toutes les
malpropretés de la civilisation, une fois hors de service,
tombent dans cette fosse de vérité où aboutit l'immense glissement social, elles s'y engloutissent, mais elles s'y étalent.
Ce pêle-mêle est une confession. Là, plus de fausse apparence,
aucun plâtrage possible, l'ordure ôte sa chemise, dénudation
absolue, déroute des illusions et des mirages, plus rien que
ce qui est, faisant la sinistre figure de ce qui finit. Réalité et
disparition. Là, un cul de bouteille avoue l'ivrognerie, une
anse de panier raconte la domesticité ; là, le trognon de
pomme qui a eu des opinions littéraires redevient le trognon
de pomme ; l'effigie du gros sou se vert-de-grise franchement,
le crachat de Caïphe rencontre le vomissement de Falstaff,
le louis d'or qui sort du tripot heurte le clou où pend le bout
de corde du suicide, un fœtus livide roule enveloppé dans des
paillettes qui ont dansé le mardi gras dernier à l'Opéra, une
toque qui a jugé les hommes se vautre près d'une pourriture
qui a été la jupe de Margoton ; c'est plus que de la fraternité, c'est du tutoiement. Tout ce qui se fardait se barbouille.
Le dernier voile est arraché. Un égout est un cynique. Il dit
tout.

Cette sincérité de l'immondice nous plaît, et repose l'âme.
Quand on a passé son temps à subir sur la terre le spectacle
des grands airs que prennent la raison d'État, le serment, la

sagesse politique, la justice humaine, les probités profession-
nelles, les austérités de situation, les robes incorruptibles, cela
soulage d'entrer dans un égout et de voir de la fange qui en
convient.

Les Misérables,
cinquième partie, livre II.

5. LA CHAUSSÉE-D'ANTIN

Une rue en quête d'identité tout comme Chabert qui l'habita lorsqu'elle s'appelait rue du Mont-Blanc. Ses tribulations onomastiques reflètent le cours tumultueux de l'histoire...

ANTIN (RUE DE LA CHAUSSÉE D')

Commence à la rue Basse-du-Rempart, n° 2, et au boulevard des Italiens, n° 28 ; finit à la rue Saint-Lazare, n⁰ˢ 79 et 81 : le dernier impair est 63 ; le dernier pair, 72. Sa longueur est de 608 m. Les numéros impairs sont du 1ᵉʳ arrondissement, quartier de la Place-Vendôme ; les numéros pairs, du 2ᵉ, quartier de la Chaussée-d'Antin.

Cette rue, aujourd'hui l'une des plus belles de la capitale, n'était encore, à la fin du XVIIᵉ siècle, qu'un chemin tortueux qui commençait à la porte Gaillon et conduisait aux Porcherons. On l'appelait alors *chemin de l'Égout-de-Gaillon, des Porcherons, de la Chaussée-de-Gaillon.*

Le Pré-des-Porcherons était pour les roués de la régence ce que le Pré-aux-Clercs avait été pour les raffinés de la ligue, un rendez-vous de débauches et de duels.

Au commencement du XVIIIᵉ siècle, le quartier Gaillon cherchait à s'étendre et brisait la digue que lui opposait le rempart. Un arrêt du conseil, du 31 juillet 1720, ordonna de redresser *le chemin de Gaillon jusqu'à la barrière des Porcherons* (située rue Saint-Lazare), dans la largeur de 10 toises, et de planter ledit chemin d'un rang d'arbres de chaque côté. Mais le bureau de la ville ayant représenté qu'il serait plus convenable et plus utile de faire une rue droite de 8 toises de large, et de redresser l'égout jusqu'à la barrière, une ordonnance du 4 décembre de la même année autorisa ce changement : l'égout fut revêtu de murs et voûté, et la rue percée et alignée d'après le plan présenté.

On la nomma rue de l'*Hôtel-Dieu*, parce qu'elle conduisait à une ferme appartenant à cet hôpital, puis rue de la *Chaussée-d'Antin*, parce qu'elle commençait au rempart en face duquel avait été bâti l'hôtel d'Antin, depuis de Richelieu. Mais cette voie publique n'était pas au bout de ses métamorphoses patronymiques.

Paris, le 5 avril 1791 : « Messieurs, l'Assemblée nationale et la ville de Paris ont rendu à M. Mirabeau les honneurs funèbres. Sa cendre sera déposée dans la basilique destinée aux grands hommes, et elle y sera placée la première. Cette reconnaissance publique est un devoir de la patrie ; elle est en même temps la politique d'un pays où l'on veut former les hommes. Une des destinations durables et publiques que l'on peut rendre à l'homme qui a si bien servi la constitution française, serait de donner son nom à la rue où il a habité et où nous l'avons perdu. On se rappellera toujours qu'il y a vécu. La tradition y conservera son nom. Il me paraît honorable pour la municipalité de l'y fixer. J'ai en conséquence l'honneur de proposer au conseil-général d'arrêter que la rue de la Chaussée-d'Antin sera désormais appelée la rue de *Mirabeau*, et qu'une inscription conforme y sera sur-le-champ apposée.

« Je suis avec respect, Messieurs, votre très humble et très obéissant serviteur, *Bailly*. » Et plus bas, MM. du conseil-général de la commune.

« Le conseil-général délibérant sur la proposition de M. le maire, y a généralement applaudi, et d'une voix unanime a arrêté que la rue de la Chaussée-d'Antin sera désormais appelée la rue de *Mirabeau*, et qu'il y sera sur-le-champ apposé une inscription conforme. Charge le corps municipal de tenir la main à l'exécution du présent arrêté, qui sera imprimé, affiché et envoyé aux quarante-huit comités des sections. Approuvé, Oudet-Dejoly, secrétaire-greffier. » Peu de temps après, au-dessus de la porte de cet hôtel, qui porte aujourd'hui le n° 42, fut scellée une table de marbre noir sur laquelle on grava en lettres d'or ces deux vers de Chénier :

L'âme de Mirabeau s'exhala dans ces lieux !
Hommes libres, pleurez ! Tyrans, baissez les yeux !

Cette inscription fut enlevée en 1793, et la rue porta le nom du *Mont-Blanc*, en mémoire de la réunion de ce département à la France, par décret du 27 novembre 1792.

En 1816, la municipalité parisienne passa l'éponge sur l'inscription révolutionnaire, et cette voie publique reprit sa monarchique appellation.

Une décision ministérielle, du 28 février 1807, signée Champagny, a fixé la moindre largeur de la rue de la Chaussée-d'Antin à 13 m 64 c. La maison n° 66 est seule soumise à un faible retranchement. — Égout ; conduite-maîtresse d'eau ; éclairage au gaz (comp^e Anglaise).

La grande figure de Mirabeau n'est pas la seule illustration que rappelle à notre souvenir la rue de la Chaussée-d'Antin.

Un ministre financier, une danseuse célèbre, un prélat, cardinal par la grâce de son neveu, une séduisante et douce créole, depuis impératrice, un valeureux soldat de l'empire, qui devint sous la Restauration l'orateur le plus brillant et le plus populaire, ont successivement habité cette rue.

Le financier s'appelait Necker ; son hôtel porte aujourd'hui le n° 7. Ce fut ensuite l'hôtel Récamier.

L'hôtel du n° 9, le palais de la danseuse, était plus somptueux que celui de l'ancien contrôleur général des finances. Mlle Guimard sut gagner, à la pointe de ses pirouettes, sa réputation, sa fortune et le cœur de cet excellent prince de Soubise, qui était plus à son aise aux pieds d'une danseuse, qu'à la bataille de Rosbach, en face du grand Frédéric. Un jour la jeune et belle damnée, en s'éveillant, se dégoûta de sa maison de Pantin qui sentait la roture ; elle voulut un hôtel dans cette rue que hantait le beau monde. Ledoux se mit à l'œuvre, et bientôt une fête merveilleuse inaugura le temple de la déesse. Cet hôtel contenait un théâtre assez vaste pour loger cinq cents personnes.

Après le ballet, Mlle Guimard se donnait le délassement de la comédie jouée par l'élite des pensionnaires du roi.

La maison n° 62 a été construite en 1826, sur l'emplacement d'un petit hôtel habité par Joséphine avant son mariage avec Bonaparte.

Dans ce même hôtel mourut, le 26 novembre 1825, l'illustre général Foy, à l'âge de cinquante ans.

Quatre mots suffisent pour rappeler cette noble existence : courage, talent, franchise et loyauté !...

Cette rue, qui commençait à l'hôtel de Montmorency et finissait à celui du cardinal Fesch, compte aujourd'hui soixante-sept propriétés qui rapportent plus au fisc que quatre cent cinquante maisons du quartier Saint-Marcel.

Dictionnaire administratif et historique des rues de Paris et de ses monuments par Félix et Louis Lazare, Paris, 1844.

DES PERSONNAGES BALZACIENS

Hommes ou femmes, tous les personnages qui gravitent autour du colonel Chabert sont révélateurs d'une société fondée sur l'avoir et le paraître.

La comtesse Ferraud a toutes les apparences d'une « femme comme il faut » mais n'hésite pas, en secret, à sacrifier son ex-mari à ses ambitions. Tout comme le fera la marquise d'Espard dans L'Interdiction *en dépit de son authentique noblesse. Noblesse du nom, mais non du cœur... Celle-ci, c'est du côté de personnages archéologiques tel le maréchal Hulot qu'il faut la chercher et, paradoxalement peut-être, du côté de l'ex-bagnard Ferragus, sorte de « Christ de la paternité » comme le sera le Père Goriot : créatures solitaires abandonnées au courant qui les charrie loin de la « civilisation » parisienne, de ses pompes et de ses œuvres. Civilisation d'une époque avide « d'argent vivant » et que résume bien le bourgeois type incarné par le gros et jovial Crevel de* La Cousine Bette.

1. « UNE FEMME COMME IL FAUT »

Par son mariage avec le comte Ferraud, la femme du colonel Chabert « allait devenir une femme comme il faut ».

Balzac, en 1839, dans Les Français peints par eux-mêmes, *consacre à ce type de femme tout un chapitre dont voici quelques extraits.*

Chez elle, aucune femme comme il faut n'est visible avant quatre heures quand elle reçoit. Elle est assez savante pour vous faire toujours attendre. Vous trouverez tout de bon goût dans sa maison, son luxe est de tous les moments et se rafraîchit à propos, vous ne verrez rien sous des cages de verre, ni les chiffons d'aucune enveloppe appendue comme un garde-manger. Vous aurez chaud dans l'escalier. Partout des fleurs égayeront vos regards ; les fleurs, seul présent qu'elle accepte et de quelques personnes seulement : les bouquets ne vivent qu'un jour, donnent du plaisir et veulent être renouvelés ; pour elle, ils sont, comme en Orient, un symbole, une promesse. Les coûteuses bagatelles à la mode sont étalées, mais sans viser au musée ni à la boutique de curiosités. Vous la surprendrez au coin de son feu, sur sa causeuse, d'où elle vous saluera sans se lever. Sa conversation ne sera plus celle du bal. Ailleurs elle était votre créancière, chez elle son esprit vous doit du plaisir. Ces nuances, les femmes comme il faut les possèdent à merveille. Elle aime en vous un homme qui va grossir sa société, l'objet des soins et des inquiétudes que se donnent aujourd'hui les femmes comme il faut. Aussi pour vous fixer dans son salon, sera-t-elle d'une ravissante coquetterie. Vous sentez là surtout combien les femmes sont isolées aujourd'hui, pourquoi elles veulent avoir un petit monde dont elles soient la constellation. La causerie est impossible sans généralités. L'épigramme, ce livre en un mot, ne tombe plus, comme pendant le dix-huitième siècle, ni sur les personnes, ni sur les choses, mais sur des événements mesquins, et meurt avec la journée. Son esprit, quand elle en a, consiste à mettre tout en doute, comme celui de la bourgeoise lui sert à tout affirmer. Là est la grande différence entre ces deux femmes : la bourgeoise a certainement de la vertu, la femme comme il faut ne sait pas si elle en a encore, ou si elle en aura toujours ; elle hésite et résiste, là où l'autre refuse net pour tomber à plat. Cette hésitation en toute chose est une des dernières grâces que lui laisse notre horrible époque.

. . . .

Maintenant qu'est cette femme ? à quelle famille appartient-elle ? d'où vient-elle ? Ici la femme comme il faut prend les proportions révolutionnaires. Elle est une création moderne, un déplorable triomphe du système électif appliqué au beau sexe. Chaque révolution a son mot, un mot où elle se résume et qui la peint. Expliquer certains mots, ajoutés de siècle en siècle à la langue française, serait faire une magnifique histoire. Organiser, par exemple, est un mot de l'Empire, il contient Napoléon tout entier. Depuis cinquante ans bientôt nous assistons à la ruine continue de toutes les distinctions sociales ; nous aurions dû sauver les femmes de ce grand naufrage, mais le Code civil a passé sur leurs têtes le niveau de ses articles. Hélas ! quelque terribles que soient ces paroles, disons-les : les duchesses s'en vont, et les marquises aussi ! Quant aux baronnes, elles n'ont jamais pu se faire prendre au sérieux, l'aristocratie commence à la vicomtesse. Les comtesses resteront. Toute femme comme il faut sera plus ou moins comtesse, comtesse de l'empire ou d'hier, comtesse de vieille roche, ou, comme on dit en italien, comtesse de politesse. Quant à la grande dame, elle est morte avec l'entourage grandiose du dernier siècle, avec la poudre, les mouches, les mules à talons, les corsets busqués ornés d'un delta de nœuds en rubans. Les duchesses aujourd'hui passent par les portes sans les faire élargir pour leurs paniers. Enfin l'Empire a vu les dernières robes à queue ! Je suis encore à comprendre comment le souverain qui voulait faire balayer sa cour par le satin ou le velours des robes à queue n'a pas établi pour certaines familles le droit d'aînesse et les majorats par d'indestructibles lois. Napoléon n'a pas deviné l'application du code dont il était si fier. Cet homme, en créant ses duchesses, engendrait des femmes comme il faut, le produit médiat de sa législation. La pensée, prise comme un marteau par l'enfant qui sort du collège ainsi que par le journaliste obscur, a démoli les magnificences de l'état social. Aujourd'hui, tout drôle qui peut convenablement soutenir sa tête sur un col, couvrir sa puissante poitrine d'homme d'une demi-aune de satin en forme de cuirasse, montrer un front où reluise un génie apocryphe sous des cheveux bouclés, se dandiner sur deux escarpins vernis ornés de chaussettes en soie qui coûtent six francs, tient son lorgnon dans une de ses arcades sourcilières en plissant le haut de sa joue, et fût-il clerc d'avoué, fils d'entrepreneur ou bâtard de banquier, il toise impertinemment la plus jolie duchesse, l'évalue quand elle descend l'escalier du théâtre, et dit à son ami pantalonné par Blain, habillé par Buisson, gileté, ganté, cravaté par Bodier ou par Perry, monté sur vernis comme le premier duc venu : « Voilà, mon cher, une femme comme il faut. »

2. LA MARQUISE D'ESPARD

La marquise d'Espard, grande dame, n'a pas des sentiments plus nobles que la comtesse Ferraud, parvenue.

Elle aussi cherche à faire « interdire », interner son mari, cœur généreux pour qui le « principe honneur » l'emporte sur le « principe argent ».

Si la sécheresse de son âme lui permettait de jouer son rôle au naturel, son extérieur ne la servait pas moins bien. Elle avait une taille jeune. Sa voix était à commandement souple et fraîche, claire, dure. Elle possédait éminemment les secrets de cette attitude aristocratique par laquelle une femme efface le passé. La marquise connaissait bien l'art de mettre un espace immense entre elle et l'homme qui se croit des droits à la familiarité après un bonheur de hasard. Son regard imposant savait tout nier. Dans sa conversation, les grands et beaux sentiments, les nobles déterminations paraissaient découler naturellement d'une âme et d'un cœur purs ; mais elle était en réalité tout calcul, et bien capable de flétrir un homme maladroit dans ses transactions, au moment où elle transigerait sans honte au profit de ses intérêts personnels.

. . . .

« Ce considéré, monsieur le Président, et vu les pièces ci-jointes, l'exposante requiert qu'il vous plaise, attendu que les faits qui précèdent prouvent évidemment l'état de démence et d'imbécillité de monsieur le marquis d'Espard, ci-dessus nommé, qualifié et domicilié, ordonner que, pour parvenir à l'interdiction d'icelui, la présente requête et les pièces à l'appui seront communiquées à monsieur le procureur du Roi, et commettre l'un de messieurs les juges du tribunal à l'effet de faire le rapport au jour que vous voudrez bien indiquer, pour être sur le tout par le Tribunal statué ce qu'il appartiendra, et vous ferez justice », etc.

— Et voici, dit Popinot, l'ordonnance du Président qui me commet ! Eh ! bien, que veut de moi la marquise d'Espard ? Je sais tout. J'irai demain avec mon greffier chez monsieur le marquis, car ceci ne me paraît pas clair du tout.

L'Interdiction, 1836.

3. CREVEL

Les propos cyniques de Crevel dans La Cousine Bette *(1846)
sont bien révélateurs d'une société fondée avant tout sur
l'argent.*

Tout le monde fait valoir son argent et le tripote de son
mieux. Vous vous abusez, cher ange, si vous croyez que c'est
le roi Louis-Philippe qui règne, et il ne s'abuse pas là-dessus.
Il sait comme nous tous, qu'au-dessus de la Charte, il y a
la sainte, la vénérée, la solide, l'aimable, la gracieuse, la belle,
la noble, la jeune, la toute-puissante pièce de cent sous ! Or,
mon bel ange, l'argent exige des intérêts, et il est toujours
occupé à les percevoir ! Dieu des Juifs, tu l'emportes ! a dit
le grand Racine. Enfin, l'éternelle allégorie du veau d'or !...
Du temps de Moïse, on agiotait dans le désert ! Nous sommes
revenus aux temps bibliques ! Le veau d'or a été le premier
grand-livre connu, reprit-il. Vous vivez par trop, mon Ade-
line, rue Plumet ! Les Égyptiens devaient des emprunts énormes aux Hébreux, et ils ne couraient pas après le peuple de
Dieu, mais après des capitaux.

Il regarda la baronne d'un air qui voulait dire : « Ai-je de
l'esprit ! »

— Vous ignorez l'amour de tous les citoyens pour leur
saint-frusquin ? reprit-il après cette pause. Pardon. Écoutez-
moi bien ! Saisissez ce raisonnement. Vous voulez deux cent
mille francs ?... Personne ne peut les donner sans changer
des placements faits. Comptez !... Pour avoir deux cent mille
francs d'*argent vivant*, il faut vendre environ sept mille francs
de rente trois pour cent ! Eh bien ! vous n'avez votre argent
qu'au bout de deux jours. Voilà la voie la plus prompte. Pour
décider quelqu'un à se dessaisir d'une fortune, car c'est toute
la fortune de bien des gens, deux cent mille francs ! encore
doit-on lui dire où tout cela va, pour quel motif...

— Il s'agit, mon bon et cher Crevel, de la vie de deux hommes, dont l'un mourra de chagrin, dont l'autre se tuera !
Enfin, il s'agit de moi, qui deviendrai folle ! Ne le suis-je pas
un peu déjà ?

— Pas si folle ! dit-il en prenant madame Hulot par les genoux, le père Crevel a son prix, puisque tu as daigné penser à lui, mon ange.

Balzac,
La Cousine Bette.

4. HULOT

Si Crevel incarne « le principe argent », le vieux maréchal Hulot, « débris des phalanges napoléoniennes », incarne « le principe honneur ».

Il est le dernier en date des personnages archéologiques qui, depuis Chabert, jalonnent La Comédie humaine *et sont une vivante protestation contre une société où l'être passe après l'avoir.*

Il ne survivra pas au crime impardonnable commis par son frère, le baron Hulot qui « a volé l'État ».

— Eh bien ! mon cher Hulot, dit le maréchal Cottin en présentant les journaux à son vieil ami, nous avons, vous le voyez, sauvé les apparences... Lisez.

Le maréchal Hulot posa les journaux sur le bureau de son vieux camarade et lui tendit deux cent mille francs.

— Voici ce que mon frère a pris à l'État, dit-il.

— Quelle folie ! s'écria le ministre. Il nous est impossible, ajouta-t-il en prenant le cornet que lui présenta le maréchal et lui parlant dans l'oreille, d'opérer cette restitution. Nous serions obligés d'avouer les concussions de votre frère, et nous avons tout fait pour les cacher...

— Faites-en ce que vous voudrez ; mais je ne veux pas qu'il y ait dans la fortune de la famille Hulot un liard de volé dans les deniers de l'État, dit le comte.

— Je prendrai les ordres du roi à ce sujet. N'en parlons plus, répondit le ministre en reconnaissant l'impossibilité de vaincre le sublime entêtement du vieillard.

— Adieu, Cottin, dit le vieillard en prenant la main du prince de Wissembourg, je me sens l'âme gelée...

Puis, après avoir fait un pas, il se retourna, regarda le prince qu'il vit ému fortement, il ouvrit les bras pour l'y serrer, et le prince embrassa le maréchal.

— Il me semble que je dis adieu, dit-il, à toute la Grande Armée en ta personne...

— Adieu donc, mon bon et vieux camarade ! dit le ministre.

— Oui, adieu, car je vais où sont tous ceux de nos soldats que nous avons pleurés...

En ce moment, Claude Vignon entra.

Les deux vieux débris des phalanges napoléoniennes se saluèrent gravement en faisant disparaître toute trace d'émotion.

— Vous avez dû, mon prince, être content des journaux ? dit le futur maître des requêtes. J'ai manœuvré de manière à faire croire aux feuilles de l'Opposition qu'elles publiaient nos secrets...

— Malheureusement, tout est inutile, répliqua le ministre qui regarda le maréchal s'en allant par le salon. Je viens de dire un dernier adieu qui m'a fait bien du mal. Le maréchal Hulot n'a pas trois jours à vivre, je l'ai bien vu d'ailleurs, hier. Cet homme, une de ces probités divines, un soldat respecté par les boulets malgré sa bravoure... tenez... là, sur ce fauteuil !... a reçu le coup mortel, et de ma main, par un papier !... Sonnez et demandez ma voiture. Je vais à Neuilly, dit-il en serrant les deux cent mille francs dans son portefeuille ministériel.

Malgré les soins de Lisbeth, trois jours après, le maréchal Hulot était mort.

5. FERRAGUS

La fin de Ferragus *(1833) offre à nos méditations des personnages « oubliés » par le flot de la civilisation, rendus comme Chabert à l'état quasi fossile.*

L'ancien bagnard et l'ancien héros des armées de Napoléon se rejoignent, semble-t-il, dans un commun présent de détresse.

Qui n'a pas rencontré sur les boulevards de Paris, au détour d'une rue ou sous les arcades du Palais-Royal, enfin en quelque lieu du monde où le hasard veuille le présenter, un être, un homme ou femme, à l'aspect duquel mille pensées confuses naissent en l'esprit ! À son aspect, nous sommes subitement intéressés ou par des traits dont la conformation bizarre annonce une vie agitée, ou par l'ensemble curieux que présentent les gestes, l'air, la démarche et les vêtements, ou par quelque regard profond, ou par d'autres *je ne sais quoi* qui saisissent fortement et tout à coup, sans que nous nous expliquions bien précisément la cause de notre émotion. Puis, le lendemain, d'autres pensées, d'autres images parisiennes emportent ce rêve passager.

Mais si nous rencontrons encore le même personnage, soit passant à heure fixe, comme un employé de Mairie qui appartient au mariage pendant huit heures, soit errant dans les promenades, comme ces gens qui semblent être un mobilier acquis aux rues de Paris, et que l'on retrouve dans les lieux publics, aux premières représentations ou chez les restaurateurs, dont ils sont le plus bel ornement, alors cette créature s'inféode à votre souvenir, et y reste comme un premier volume de roman dont la fin nous échappe. Nous sommes tentés d'interroger cet inconnu, et de lui dire :

— Qui êtes-vous ? Pourquoi flânez-vous ? De quel droit avez-vous un col plissé, une canne à pomme d'ivoire, un gilet passé ? Pourquoi ces lunettes bleues à doubles verres, ou pourquoi conservez-vous la cravate des *muscadins* ?

Parmi ces créations errantes, les unes appartiennent à l'espèce des dieux Termes ; elles ne disent rien à l'âme ; *elles*

sont là, voilà tout : pourquoi, personne ne le sait ; c'est
de ces figures semblables à celles qui servent de type aux
sculpteurs pour les quatre Saisons, pour le Commerce et
l'Abondance. Quelques autres, anciens avoués, vieux négo-
ciants, antiques généraux, s'en vont, marchent et paraissent
toujours arrêtées. Semblables à des arbres qui se trouvent à
moitié déracinés au bord d'un fleuve, elles ne semblent jamais
faire partie du torrent de Paris, ni de sa foule jeune et active.
Il est impossible de savoir si l'on a oublié de les enterrer, ou
si elles se sont échappées du cercueil ; elles sont arrivées à
un état quasi fossile.

Un de ces *Melmoth* parisiens était venu se mêler depuis
quelques jours parmi la population sage et recueillie qui, lorsque le ciel est beau, meuble infailliblement l'espace enfermé
entre la grille sud du Luxembourg et la grille nord de l'Observatoire, espace sans genre, espace neutre dans Paris. En effet,
là, Paris n'est plus ; et là, Paris est encore. Ce lieu tient à
la fois de la place, de la rue, du boulevard, de la fortifica-
tion, du jardin, de l'avenue, de la route, de la province, de
la capitale ; certes, il y a de tout cela ; mais ce n'est rien de
tout cela : c'est un désert. Autour de ce lieu sans nom, s'élè-
vent les Enfants-Trouvés, la Bourbe, l'hôpital Cochin, les
Capucins, l'hospice La Rochefoucauld, les Sourds-Muets,
l'hôpital du Val-de-Grâce ; enfin, tous les vices et tous les
malheurs de Paris ont là leur asile ; et pour que rien ne man-
quât à cette enceinte philanthropique, la Science y étudie les
Marées et les Longitudes ; monsieur de Chateaubriand y a
mis l'infirmerie Marie-Thérèse, et les Carmélites y ont fondé
un couvent. Les grandes situations de la vie sont représentées par les cloches qui sonnent incessamment dans ce désert,
et pour la mère qui accouche, et pour l'enfant qui naît, et
pour le vice qui succombe, et pour l'ouvrier qui meurt, et
pour la vierge qui prie, et pour le vieillard qui a froid, et pour
le génie qui se trompe. Puis, à deux pas, est le cimetière du
Mont-Parnasse, qui attire d'heure en heure les chétifs convois
du faubourg Saint-Marceau.

Cette esplanade, d'où l'on domine Paris, a été conquise
par les joueurs de boules, vieilles figures grises, pleines de
bonhomie, braves gens qui continuent nos ancêtres, et dont
les physionomies ne peuvent être comparées qu'à celles de
leur public, à la galerie mouvante qui les suit.

L'homme devenu depuis quelques jours l'habitant de ce
quartier désert assistait assidûment aux parties de boules, et

pouvait, certes, passer pour la créature la plus saillante de ces groupes, qui, s'il était permis d'assimiler les Parisiens aux différentes classes de la Zoologie, appartiendraient au genre des mollusques. Ce nouveau venu marchait sympathiquement avec le *cochonnet*, petite boule qui sert de point de mire, et constitue l'intérêt de la partie ; il s'appuyait contre un arbre quand le cochonnet s'arrêtait ; puis, avec la même attention qu'un chien en prête aux gestes de son maître, il regardait les boules volant dans l'air ou roulant à terre. Vous l'eussiez pris pour le génie fantastique du cochonnet. Il ne disait rien, et les joueurs de boules, les hommes les plus fanatiques qui se soient rencontrés parmi les sectaires de quelque religion que ce soit, ne lui avaient jamais demandé compte de ce silence obstiné ; seulement, quelques esprits forts le croyaient sourd et muet. Dans les occasions où il fallait déterminer les différentes distances qui se trouvaient entre les boules et le cochonnet, la canne de l'inconnu devenait la mesure infaillible, les joueurs venaient alors la prendre dans les mains glacées de ce vieillard, sans la lui emprunter par un mot, sans même lui faire un signe d'amitié. Le prêt de sa canne était comme une servitude à laquelle il avait négativement consenti. Quand il survenait une averse, il restait près du cochonnet, esclave des boules, gardien de la partie commencée. La pluie ne le surprenait pas plus que le beau temps, et il était, comme les joueurs, une espèce intermédiaire entre le Parisien qui a le moins d'intelligence, et l'animal qui en a le plus.

D'ailleurs, pâle et flétri, sans soins de lui-même, distrait, il venait souvent nu-tête, montrant ses cheveux blanchis et son crâne carré, jaune, dégarni, semblable au genou qui perce le pantalon d'un pauvre. Il était béant, sans idées dans le regard, sans appui précis dans la démarche ; il ne souriait jamais, ne levait jamais les yeux au ciel, et les tenait habituellement baissés vers la terre, et semblait toujours y chercher quelque chose. À quatre heures une vieille femme venait le prendre pour le ramener on ne sait où, en le traînant à la remorque par le bras, comme une jeune fille tire une chèvre capricieuse qui veut brouter encore quand il faut venir à l'étable. Ce vieillard était quelque chose d'horrible à voir.

Dans l'après-midi, Jules, seul dans une calèche de voyage lestement menée par la rue de l'Est, déboucha sur l'esplanade de l'Observatoire au moment où ce vieillard, appuyé sur un arbre, se laissait prendre sa canne au milieu des vociférations de quelques joueurs pacifiquement irrités. Jules, croyant reconnaître cette figure, voulut s'arrêter, et sa voiture s'arrêta précisément. En effet, le postillon, serré par des charrettes, ne demanda point passage aux joueurs de boules insurgés, il avait trop de respect pour les émeutes, le postillon.

— C'est lui, dit Jules en découvrant enfin dans ce débris humain Ferragus XXIII, chef des Dévorants.

— Comme il l'aimait ! ajouta-t-il après une pause. Marchez donc, postillon ! cria-t-il.

Paris, février 1833.

6. GORIOT

« J'ai vu mourir un père dans un grenier, sans sou ni maille, abandonné par deux filles auxquelles il avait donné quarante mille livres de rente ! »
Cette amère constatation de Derville à la fin du roman est un ajout de 1835 au texte de 1832. Entre ces deux dates, Balzac a écrit Le Père Goriot, *dont voici, en partie, la poignante agonie.*

Le lendemain, Rastignac fut éveillé sur les deux heures après midi par Bianchon, qui, forcé de sortir, le pria de garder le père Goriot, dont l'état avait fort empiré pendant la matinée.

— Le bonhomme n'a pas deux jours, n'a peut-être pas six heures à vivre, dit l'élève en médecine, et cependant nous ne pouvons pas cesser de combattre le mal. Il va falloir lui donner des soins coûteux. Nous serons bien ses garde-malades ; mais je n'ai pas le sou, moi. J'ai retourné ses poches, fouillé ses armoires : zéro au quotient. Je l'ai questionné dans un moment où il avait sa tête, il m'a dit ne pas avoir un liard à lui. Qu'as-tu, toi ?

— Il me reste vingt francs, répondit Rastignac ; mais j'irai les jouer, je gagnerai.

— Si tu perds ?

— Je demanderai de l'argent à ses gendres et à ses filles.

— Et s'ils ne t'en donnent pas ? reprit Bianchon. Le plus pressé dans ce moment n'est pas de trouver de l'argent, il faut envelopper le bonhomme d'un sinapisme bouillant depuis les pieds jusqu'à la moitié des cuisses. S'il crie, il y aura de la ressource. Tu sais comment cela s'arrange. D'ailleurs, Christophe t'aidera. Moi, je passerai chez l'apothicaire répondre de tous les médicaments que nous y prendrons. Il est malheureux que le pauvre homme n'ait pas été transportable à notre hospice, il y aurait été mieux. Allons, viens que je t'installe, et ne le quitte pas que je ne sois revenu.

Les deux jeunes gens entrèrent dans la chambre où gisait le vieillard. Eugène fut effrayé du changement de cette face convulsée, blanche et profondément débile.

— Eh ! bien, papa ? lui dit-il en se penchant sur le grabat.

Goriot leva sur Eugène des yeux ternes et le regarda fort attentivement sans le reconnaître. L'étudiant ne soutint pas ce spectacle, des larmes humectèrent ses yeux.

— Bianchon, ne faudrait-il pas des rideaux aux fenêtres ?

— Non. Les circonstances atmosphériques ne l'affectent plus. Ce serait trop heureux s'il avait chaud ou froid. Néanmoins il nous faut du feu pour faire les tisanes et préparer bien des choses. Je t'enverrai des falourdes qui nous serviront jusqu'à ce que nous ayons du bois. Hier et cette nuit, j'ai brûlé le tien et toutes les mottes du pauvre homme. Il faisait humide, l'eau dégouttait des murs. À peine ai-je pu sécher la chambre. Christophe l'a balayée, c'est vraiment une écurie. J'y ai brûlé du genièvre, ça puait trop.

— Mon Dieu ! dit Rastignac, mais ses filles !

. . . .

— Se sont-elles bien amusées ? dit le père Goriot qui reconnut Eugène.

— Oh ! il ne pense qu'à ses filles, dit Bianchon. Il m'a dit plus de cent fois cette nuit : Elles dansent ! Elle a sa robe. Il les appelait par leurs noms. Il me faisait pleurer, le diable m'emporte ! avec ses intonations : Delphine ! ma petite Delphine ! Nasie ! Ma parole d'honneur, dit l'élève en médecine, c'était à fondre en larmes.

— Delphine, dit le vieillard, elle est là, n'est-ce pas ? je le savais bien. Et ses yeux recouvrèrent une activité folle pour regarder les murs et la porte.

— Oui, j'avais la tête serrée comme dans un étau, mais elle se dégage. Avez-vous vu mes filles ? Elles vont venir bientôt, elles accourront aussitôt qu'elles me sauront malade, elles m'ont tant soigné rue de la Jussienne ! Mon Dieu ! je voudrais que ma chambre fût propre pour les recevoir. Il y a un jeune homme qui m'a brûlé toutes mes mottes.

— J'entends Christophe, lui dit Eugène, il vous monte du bois que ce jeune homme vous envoie.

— Bon ! mais comment payer le bois ? je n'ai pas un sou, mon enfant. J'ai tout donné, tout. Je suis à la charité. La robe lamée était-elle belle au moins ? (Ah ! je souffre !) Merci, Christophe. Dieu vous récompensera, mon garçon ; moi, je n'ai plus rien.

. . . .

Goriot garda le silence pendant un moment, en paraissant

faire tous ses efforts pour rassembler ses forces afin de supporter la douleur.

— Si elles étaient là, je ne me plaindrais pas, dit-il. Pourquoi donc me plaindre ?

Un léger assoupissement survint et dura longtemps. Christophe revint. Rastignac, qui croyait le père Goriot endormi, laissa le garçon lui rendre compte à haute voix de sa mission.

— Monsieur, dit-il, je suis d'abord allé chez madame la comtesse, à laquelle il m'a été impossible de parler, elle était dans de grandes affaires avec son mari. Comme j'insistais, monsieur de Restaud est venu lui-même, et m'a dit comme ça : Monsieur Goriot se meurt, eh ! bien, c'est ce qu'il a de mieux à faire. J'ai besoin de madame de Restaud pour terminer des affaires importantes, elle ira quand tout sera fini. Il avait l'air en colère, ce monsieur-là. J'allais sortir, lorsque madame est entrée dans l'antichambre par une porte que je ne voyais pas, et m'a dit : Christophe, dis à mon père que je suis en discussion avec mon mari, je ne puis pas le quitter ; il s'agit de la vie ou de la mort de mes enfants ; mais aussitôt que tout sera fini, j'irai. Quant à madame la baronne, autre histoire ! je ne l'ai point vue, et je n'ai pas pu lui parler. Ah ! me dit la femme de chambre, madame est rentrée du bal à cinq heures un quart, elle dort ; si je l'éveille avant midi, elle me grondera. Je lui dirai que son père va plus mal quand elle me sonnera. Pour une mauvaise nouvelle, il est toujours temps de la lui dire. J'ai eu beau prier ! Ah ! ouin ! J'ai demandé à parler à monsieur le baron, il était sorti.

— Aucune de ses filles ne viendrait ! s'écria Rastignac. Je vais écrire à toutes deux.

— Aucune, répondit le vieillard en se dressant sur son séant. Elles ont des affaires, elles dorment, elles ne viendront pas. Je le savais. Il faut mourir pour savoir ce que c'est que des enfants. Ah ! mon ami, ne vous mariez pas, n'ayez pas d'enfants ! Vous leur donnez la vie, ils vous donnent la mort. Vous les faites entrer dans le monde, ils vous en chassent. Non, elles ne viendront pas ! Je sais cela depuis dix ans. Je me le disais quelquefois, mais je n'osais pas y croire.

Une larme roula dans chacun de ses yeux, sur la bordure rouge, sans en tomber.

— Ah ! si j'étais riche, si j'avais gardé ma fortune, si je ne la leur avais pas donnée, elles seraient là, elles me lécheraient les joues de leurs baisers ! je demeurerais dans un hôtel, j'aurais de belles chambres, des domestiques, du feu à moi ;

et elles seraient tout en larmes, avec leurs maris, leurs enfants. J'aurais tout cela. Mais rien. L'argent donne tout, même des filles.

....

— Ne pas les voir, voilà l'agonie !

— Vous allez les voir.

— Vrai ! cria le vieillard égaré. Oh ! les voir ! je vais les voir, entendre leur voix. Je mourrai heureux. Eh bien ! oui, je ne demande plus à vivre, je n'y tenais plus, mes peines allaient croissant. Mais les voir, toucher leurs robes, ah ! rien que leurs robes, c'est bien peu ; mais que je sente quelque chose d'elles ! Faites-moi prendre les cheveux... veux...

Il tomba la tête sur l'oreiller comme s'il recevait un coup de massue. Ses mains s'agitèrent sur la couverture comme pour prendre les cheveux de ses filles.

— Je les bénis, dit-il en faisant un effort, bénis.

Il s'affaissa tout à coup.

LE COLONEL CHABERT
ET LE THÉÂTRE

Par les situations éminemment dramatiques qu'il présente, par ses nombreuses scènes dialoguées, Le Colonel Chabert *appelle les références au théâtre.*

C'est au Misanthrope *de Molière qu'il a été le plus souvent comparé, non sans raison. L'admiration de Balzac pour Molière ne s'est jamais démentie et dans* La Maison Nucingen *il évoque « la sublime comédie du* Misanthrope ».

En dépit de la différence d'époque et d'âge des personnages (n'oublions pas que le « Misanthrope » est un homme jeune alors que notre héros est blanchi sous le harnois), il existe en effet des similitudes entre Alceste et Chabert : tous deux ont pour eux la justice et perdent leur procès, tous deux ne peuvent triompher de « l'indigne tendresse » qu'ils éprouvent en dépit de tout pour une « mondaine » ingrate et, pris du « dégoût de l'humanité », choisissent de se retirer « du commerce des hommes ».

Très tôt, le personnage de Chabert lui-même fut mis en scène avec succès comme en témoigne la pièce de J. Arago et Louis Lurine. (Au XXe siècle le cinéma prendra le relais du théâtre : voir la filmographie, p. 141).

1. *LE MISANTHROPE*
(1666)

ALCESTE

La résolution en est prise, vous dis-je.

PHILINTE

Mais, quel que soit ce coup, faut-il qu'il vous oblige...

ALCESTE

Non, vous avez beau faire et beau me raisonner,
Rien de ce que je dis ne me peut détourner ;
Trop de perversité règne au siècle où nous sommes,
Et je veux me tirer du commerce des hommes.
Quoi ! contre ma partie on voit tout à la fois
L'honneur, la probité, la pudeur et les lois ;
On publie en tous lieux l'équité de ma cause,
Sur la foi de mon droit mon âme se repose ;
Cependant je me vois trompé par le succès :
J'ai pour moi la justice, et je perds mon procès !

Acte V, scène première.

CÉLIMÈNE

Oui, vous pouvez tout dire ;
Vous en êtes en droit, lorsque vous vous plaindrez,
Et de me reprocher tout ce que vous voudrez.
J'ai tort, je le confesse, et mon âme confuse
Ne cherche à vous payer d'aucune vaine excuse.
J'ai des autres ici méprisé le courroux,
Mais je tombe d'accord de mon crime envers vous.
Votre ressentiment, sans doute, est raisonnable ;
Je sais combien je dois vous paraître coupable,
Que toute chose dit que j'ai pu vous trahir,
Et qu'enfin vous avez sujet de me haïr.
Faites-le, j'y consens.

ALCESTE

Hé ! le puis-je, traîtresse ?
Puis-je ainsi triompher de toute ma tendresse ?
Et, quoique avec ardeur je veuille vous haïr,
Trouvé-je un cœur en moi tout prêt à m'obéir ?
(*À Éliante et Philinte.*)
Vous voyez ce que peut une indigne tendresse,
Et je vous fais tous deux témoins de ma faiblesse.
Mais, à vous dire vrai, ce n'est pas encor tout,
Et vous allez me voir la pousser jusqu'au bout,
Montrer que c'est à tort que sages on nous nomme,
Et que dans tous les cœurs il est toujours de l'homme.
(*À Célimène.*)
Oui, je veux bien, perfide, oublier vos forfaits,
J'en saurai dans mon âme excuser tous les traits,
Et me les couvrirai du nom d'une faiblesse
Où le vice du temps porte votre jeunesse.

Acte V, scène IV.

2. CHABERT

Dès juillet 1832, une pièce de théâtre en deux actes est tirée de l'ouvrage de Balzac paru dans L'Artiste. *Il s'agit de* Chabert *par Jacques Arago et Louis Lurine. Jouée au Vaudeville avec succès, la pièce parut en librairie la même année.*

On ignore le sentiment de Balzac sur cette adaptation très libre de La Transaction. *En revanche, l'opinion des critiques de différents journaux permet de constater qu'à travers la pièce, c'est souvent Balzac qui « est mis en cause ».*

Le Figaro *du 3 juillet, très peu favorable à l'écrivain, l'attaque sur le choix même de son sujet :*

> « Cette histoire *contemporaine* nous a paru un peu antique dans le monde des maris *morts et vivants*. La même aventure advint à Jonas, qui, après être resté trois jours dans le corps de la baleine, retrouva sa femme mariée en secondes noces avec un notaire de Ninive. [...] »

Le Journal des débats *du 9 juillet, sous la plume de J. Janin, suggère qu'il aurait fallu déplacer l'intérêt porté au vieux soldat sur son ex-femme :*

> « ... sur la jeune comtesse de la Restauration, habile, ambitieuse, spirituelle, jolie. [...] Ce vieux grognard qui s'en va mourir à Bicêtre, et qui de loin, privé de tabac et d'eau-de-vie, voit passer l'équipage de Madame, cela eût été plein d'intérêt » [...] « il fallait couper les moustaches à ce vieux soldat ; il fallait faire justice du grognard [...] ».

Le National, *daté du même jour, ainsi que* Le Constitutionnel *rendent, eux, hommage à Balzac en lui restituant la paternité de son héros et en désignant* La Transaction *comme source évidente de la pièce.*

Le Constitutionnel *précise :*

> « Les auteurs de *Chabert* ont bien évidemment lu ce conte avec une véritable prédilection, car non seulement ils lui ont pris son héros et le nom de ses principaux personnages, mais même des fragments de dialogue tout

entiers. Cette manière de se vêtir de la défroque d'autrui est tellement de mode aujourd'hui, qu'il y a de la naïveté à en faire la remarque ; quand toute une littérature vit de plagiats, il ne reste plus de titre de propriété pour personne : aujourd'hui vous volez M. Balzac ; demain et pas plus tard Balzac est homme à vous le rendre. »

BIBLIOGRAPHIE

Œuvres de Balzac :

La Comédie humaine, édition publiée sous la direction de Pierre-Georges Castex, « Bibliothèque de la Pléiade », Gallimard, 12 volumes, 1976-1981.
Correspondance générale éditée par Roger Pierrot, 5 volumes, Paris, Garnier, 1960-1969.
Lettres à Madame Hanska, éditées par Roger Pierrot, 4 volumes, éditions du Delta, 1967-1971.

À propos de Balzac :

BARBERIS Pierre, *Balzac et le mal du siècle*, 2 volumes, Gallimard, 1970.
   Le Monde de Balzac, Arthaud, 1973.
CHOLLET Roland, *Balzac journaliste : le tournant de 1830*, Klincksieck, 1983.
CITRON Pierre, *Dans Balzac*, Le Seuil, 1986.
GUICHARCHET Jeannine, *Balzac « archéologue » de Paris*, S.E.D.E.S., 1986.
GUYON Bernard, *La Pensée politique et sociale de Balzac*, A. Colin, 1947, réédition, 1968.
MICHEL Arlette, *Le Mariage chez Honoré de Balzac. Amour et féminisme*, Les Belles Lettres, 1978.
MOZET Nicole, *La Ville de province dans l'œuvre de Balzac*, S.E.D.E.S., 1982.
   Balzac au pluriel, P.U.F., 1990.
REY Pierre-Louis, *La Comédie humaine*, collection « Profil d'une œuvre », Hatier, 1979.

Sur *Le Colonel Chabert*.

BARBERIS Pierre, Introduction, notes et variantes. Édition
  Pléiade de *La Comédie humaine*, tome III, Gallimard,
  1976.
CITRON Pierre, Édition critique très complète du *Colonel
  Chabert*, Librairie Marcel Didier, 1961.
FORTASSIER Rose, Introduction au Colonel Chabert dans *Le
  Colonel Chabert-Ferragus*, Livre de poche, 1973.

FILMOGRAPHIE

1911 : André Calmettes et Henri Pouctal, FR.

1922 : Carmine Gallone, IT.
       Chabert : Charles Le Bargy.

1932 : *L'Homme sans nom*, Gustav Veicky, ALL, version
       modernisée.

1943 : René Le Hénaff, FR, adaptation de Pierre Benoît.
       Chabert : Raimu.

TABLE DES MATIÈRES

PRÉFACE 5

LE COLONEL CHABERT 21

LES CLÉS DE L'ŒUVRE 95

I - AU FIL DU TEXTE

1. DÉCOUVRIR V
   - La date
   - Le titre
   - Composition :
     - Point de vue de l'auteur
     - Structure de l'œuvre

2. LIRE IX

   - ●◆ Droit au but
     - *Portrait de Chabert*
     - *Résurrection de Chabert*
     - *La leçon du roman*

   - ↩ En flânant
     - *Rêverie de Derville*
     - *Retrouvailles*
     - *Une leçon de morale*

   - Les thèmes clés

3. POURSUIVRE XII

- Lectures croisées
- Pistes de recherches
- Parcours critique
- Un livre/un film

II - DOSSIER HISTORIQUE ET LITTÉRAIRE

REPÈRES BIOGRAPHIQUES 97

LES LIEUX DE L'ACTION 103

   1. Les Enfants-Trouvés et Bicêtre (S. Mercier) 103
   2. Le faubourg Saint-Marcel (S. Mercier) 108
   3. Les masures de la barrière d'Italie (V. Hugo) 110
   4. Les égouts (V. Hugo) 113
   5. La Chaussée-d'Antin (F. et L. Lazare) 115

DES PERSONNAGES BALZACIENS 119

   1. « Une femme comme il faut » (*Les Français peints par eux-mêmes*) 119
   2. La marquise d'Espard (*L'Interdiction*) 122
   3. Crevel (*La Cousine Bette*) 123
   4. Hulot (*La Cousine Bette*) 125
   5. Ferragus (*Ferragus*) 127
   6. Goriot (*Le Père Goriot*) 131

LE COLONEL CHABERT ET LE THÉÂTRE 135

   1. *Le Misanthrope* (Molière) 136
   2. *Chabert* (pièce théâtrale) 138

BIBLIOGRAPHIE 141

FILMOGRAPHIE 142

Imprimé en France sur Presse Offset par

BRODARD & TAUPIN

GROUPE CPI

5891 – La Flèche (Sarthe), le 02-02-2001
Dépôt légal : avril 1998

POCKET – 12, avenue d'Italie - 75627 Paris cedex 13
Tél. : 01.44.16.05.00

POCKET CLASSIQUES

collection dirigée par Claude AZIZA

ARÈNE Paul
Contes et histoires de Provence   6236
BALZAC Honoré de
César Birotteau   6119
Chouans (les)   6064
Colonel Chabert (le)   6052
Cousin Pons (le)   6121
Cousine Bette (la)   6120
Curé de Tours (le)   6146
Curé de village (le)   6193
Eugénie Grandet   6005
Femme de trente ans (la)   6076
Histoire des treize   6075
Illusions perdues   6070
Lys dans la vallée (le)   6034
Médecin de campagne (le)   6192
Peau de chagrin (la)   6017
Père Goriot (le)   6023
Rabouilleuse (la)   6106
Splendeurs et misères des courtisanes   6073
Une ténébreuse affaire   6112

BARBEY D'AUREVILLY Jules
Chevalier des Touches (le)   6208
Diaboliques (les)   6136
Ensorcelée (l')   6194

BAUDELAIRE Charles
Fleurs du mal (les)   6022
Petits poèmes en prose   6195

BEAUMARCHAIS
Trilogie (la) / *(bac 2000)*   6168
Barbier de Séville (le) / *(bac 2000)*   6226
Mariage de Figaro (le) / *(bac 2000)*   6227

BERNARDIN DE SAINT-PIERRE J.-H.
Paul et Virginie — 6041

BOUGAINVILLE Louis-Antoine de
Voyage autour du monde — 6222

BRONTË Charlotte
Jane Eyre — 6045

CHATEAUBRIAND François René de
Atala / René — 6191

CHODERLOS DE LACLOS Pierre
Liaisons dangereuses (les) — 6010

CONSTANT Benjamin / FROMENTIN Eugène
Adolphe / Dominique — 6084

CORNEILLE Pierre
Cid (le) — 6085
Horace — 6131

COSTER Charles de
Contes et histoires des Flandres — 6237

DAUDET Alphonse
Contes du lundi — 6072
Lettres de mon moulin — 6038
Petit Chose (le) — 6016
Tartarin de Tarascon — 6130

DIDEROT Denis
Jacques le fataliste et son maître — 6013
Neveu de Rameau (le) — 6180
Religieuse (la) — 6149

DUMAS Alexandre
Comte de Monte-Cristo (le) / tome 1 — 6216
tome 2 — 6217
Trois Mousquetaires (les) — 6048

DUMAS (fils) Alexandre
Dame aux camélias (la) — 6103

ERCKMANN E. / CHATRIAN A.
Contes et histoires d'Alsace et de Lorraine   6229

ESCHYLE / SOPHOCLE / EURIPIDE
Antigone / Électre   6212

EURIPIDE
Andromaque   6094
Hippolyte   6080
Iphigénie à Aulis   6138

FLAUBERT Gustave
Bouvard et Pécuchet   6188
Éducation sentimentale (l')   6014
Madame Bovary   6033
Salammbô   6088
Tentation de saint Antoine (la)   6209
Trois contes   6009

GAUTIER Théophile
Capitaine Fracasse (le)   6100
Roman de la momie (le)   6049

GENEVOIX Maurice
Roman de Renard (le)   6053

HOMÈRE
Iliade   6148
Odyssée   6018

HUGO Victor
Châtiments (les)   6197
Contemplations (les)   6040
Misérables (les) / tome 1   6097
         tome 2   6098
         tome 3   6099
Notre-Dame de Paris   6004
Quatrevingt-treize   6110
Ruy Blas   6154

HUYSMANS Joris-Karl
À rebours   6116

LA FAYETTE Madame de
Princesse de Clèves (la)   6003

LA FONTAINE Jean de
Fables   6012

LAMARTINE-MUSSET-GAUTIER-VIGNY
Recueils poétiques du XIXe siècle   6239

LAUTRÉAMONT Comte de
Chants de Maldoror (les)   6068

LE BRAZ Anatole
Contes et histoires de Bretagne   6228

LE ROY Eugène
Jacquou le Croquant   6063

LONDON Jack
Croc-Blanc   6042

MACHIAVEL
Prince (le)   6036

Maîtres et valets dans la comédie
du XVIIIe siècle / *(bac 2000)*   6223

MALET Léo
Brouillard au pont de Tolbiac   6215

MARIVAUX
Jeu de l'amour et du hasard (le) / *(bac 2000)*   6107
Fausses Confidences (les) / *(bac 2000)*   6162
Double Inconstance (la) / *(bac 2000)*   6190
Île aux esclaves (l') / *(bac 2000)*   6225

MAUPASSANT Guy de
Au soleil et autres récits exotiques   6206
Bel-Ami   6025
Berthe et autres récits de l'enfance   6186
Boule de Suif et autres récits de guerre   6055
Contes de la bécasse et autres contes de chasseurs   6096
Fort comme la mort   6127
Horla (le)   6002

Maison Tellier et autres histoires
   de femmes galantes (la)   6067
Mont-Oriol   6210
Notre cœur   6203
Petite Roque et autres récits noirs (la)   6091
Pierre et Jean   6020
Rosier de Mme Husson et autres contes roses (le)   6092
Sœurs Rondoli et autres histoires lestes (les)   6207
Sur l'eau et autres récits méditerranéens   6184
Toine et autres contes normands   6187
Une partie de campagne   6185
Une vie   6026
Textes sur le roman naturaliste / *(bac 2000)*   6224

MÉRIMÉE Prosper
Carmen et autres histoires d'Espagne   6030
Colomba-Mateo Falcone « Nouvelles corses »   6011

MOLIÈRE
Avare (l')   6125
Bourgeois gentilhomme (le)   6095
Dom Juan   6079
Fourberies de Scapin (les)   6169
Malade imaginaire (le)   6104
Médecin malgré lui (le)   6170
Tartuffe (le)   6086
Médecin volant (le)   6232
Misanthrope (le)   6139
Précieuses ridicules (les)   6234
George Dandin   6240

MONTAIGNE
Essais (textes choisis)   6182

MONTESQUIEU Charles de
Lettres persanes   6021

MUSSET Alfred de
Lorenzaccio   6081
On ne badine pas avec l'amour   6102

NERVAL Gérard de
Aurélia — 6109
Filles du feu (les) — 6090

NODIER / BALZAC / GAUTIER / MÉRIMÉE
Récits fantastiques — 6087

PLAUTE
Marmite (la) — 6125

POE Edgar
Histoires extraordinaires — 6019
Nouvelles histoires extraordinaires — 6050

PRÉVOST Abbé
Manon Lescaut — 6031

PROUST Marcel
Un amour de Swann — 6101

RABELAIS
Gargantua (édition bilingue) — 6089
Pantagruel (édition bilingue) — 6204

RACINE Jean
Andromaque — 6094
Britannicus — 6126
Iphigénie — 6138
Phèdre — 6080

RADIGUET Raymond
Diable au corps (le) — 6044

RENARD Jules
Poil de carotte — 6051

RIMBAUD Arthur
Œuvres : Des Ardennes au désert — 6037

ROSTAND Edmond
Cyrano de Bergerac — 6007

ROUSSEAU Jean-Jacques
Confessions (les) / tome 1   6201
                          tome 2   6202
Confessions (les) / Livres I à IV   6211
Rêveries d'un promeneur solitaire (les)   6069

SAND George
Mare au diable (la)   6008
Petite Fadette (la)   6059

SÉNÈQUE
Phèdre   6080

SHAKESPEARE William
Othello / Hamlet   6128

SILVERBERG Robert
Porte des mondes (la)   5127

STENDHAL
Abbesse de Castro (l')   6174
Armance   6117
Chartreuse de Parme (la)   6001
Chroniques italiennes   6174
De l'amour   6173
Lucien Leuwen / tome 1   6144
                     tome 2   6220
Rouge et le noir (le)   6028

STEVENSON Robert
Étrange cas du Dr Jekyll et de M. Hyde (l')   6122
Île au trésor (l')   6065

TERENCE
Phormion (le)   6169

TCHEKHOV Anton
Cerisaie (la)   6134

VALLÈS Jules
Bachelier (le)   6150
Enfant (l')   6015

VERLAINE Paul
Poésies   6144

VERNE Jules
Château des Carpathes (le)   6078
Michel Strogoff   6082
Tour du monde en 80 jours (le)   6027
Vingt mille lieues sous les mers   6058
Voyage au centre de la Terre   6056

VOLTAIRE
Candide ou l'optimisme et autres contes   6006
Micromégas / L'Ingénu   6083
Zadig et autres contes orientaux   6046

WILDE Oscar
Portrait de Dorian Gray (le)   6066

ZOLA Émile
Argent (l')   6113
Assommoir (l')   6039
Au bonheur des dames   6032
Bête humaine (la)   6062
Conquête de Plassans (la)   6172
Curée (la)   6035
Débâcle (la)   6118
Docteur Pascal (le)   6140
Écrits sur le roman naturaliste / *(bac 2000)*   6230
Faute de l'Abbé Mouret (la)   6114
Fortune des Rougon (la)   6071
Germinal   6029
Joie de vivre (la)   6111
Nana   6054
Œuvre (l')   6077
Pot-Bouille   6061
Rêve (le)   6074
Son excellence Eugène Rougon   6141
Terre (la)   6115
Thérèse Raquin   6060
Une page d'amour   6132
Ventre de Paris (le)   6057

Notes

_____ Notes _____

_____ **Notes** _____

Notes

Notes